같은

하늘

아래서

在

同一片

天空下

이매진의 시선 23

같은 하늘 아래서
북한 배경 청소년들의 글쓰기와 삶 읽기

초판 1쇄 2025년 2월 28일
엮은이 서울대학교 학생사회공헌단 북소리팀
펴낸곳 이매진 펴낸이 정철수
등록 2003년 5월 14일 제313-2003-0183호
전화 02-3141-1917 팩스 02-3141-0917
이메일 imaginepub@naver.com
블로그 blog.naver.com/imaginepub
인스타그램 @imagine_publish
ISBN 979-11-5531-149-3 (03810)

이매진의 시선 23 ■

북한 배경 청소년들의 글쓰기와 삶 읽기

같은

하늘

아래서

在
同一片
天空下

서울대학교 학생사회공헌단

■ 북소리팀 엮음

중문판 큐아르 제공 안내

오늘날 한국 사회에서 살아가는 북한 배경 청소년 중 약 70퍼센트는 '북한 출생'이 아닌 '제3국 출생'이다. 제3국 출생 북한 배경 청소년들은 부모 중 한 명 이상이 탈북하여 중국, 베트남 등 제3국을 경유하는 도중 그곳에서 태어나 살다가 남한으로 들어오게 된다. 이들은 이러한 출생의 특수성에도 불구하고 남한 사회에서 '북한에 한 번도 가본 적 없는 북한 이탈 청소년'이라는 다소 모순적인 정의로 뭉뚱그려진다. 이 책이 좁은 의미의 '북한 이탈 청소년' 대신 이들의 정체성까지 포괄할 수 있는 '북한 배경 청소년'이라는 중립적인 용어를 사용하는 이유다. 제3국 출생 북한 배경 청소년은 대부분 중국에서 태어나 모국어가 중국어이기 때문에 한국어를 잘 구사하지 못한다. 북소리 프로젝트에 참여한 학생 7명 중에도 한국어보다 중국어를 읽고 쓰는 데 익숙한 친구들이 더 많다. 이러한 이유로 학생들이 책을 편하게 읽을 수 있도록 중문판 큐아르 코드를 제공한다.

 中文版 QR码(중문판 QR코드)

차례

추천사

분단 체제에서 태어나고 자란 남한의 청년들이 북한 이탈 청소년이나 제3국 출생 탈북민 자녀들을 냉전의 틀을 벗어나 바라보고 대하는 방식을 배울 수 있는 책이다. 북한 배경 청소년들의 이야기를 그들의 글로 소개하면서, 대중에게 그들을 편견 없이 대해 달라고 외치는 아우성이 따뜻하다. 청년들의 이러한 시도가 무척 반갑다. 이 책을 읽고 나면 교착 상태에 빠진 남북 관계를 이 세대는 다르게 풀어낼 수 있을 거라는 기대를 걸게 된다.

최은영

서울대학교 통일평화연구원 선임연구원

어디서도 들을 수 없는 목소리가 여기에 있다. 우리가 잊었던, 외면했던, 우리들 안의 또 다른 목소리, 북소리. 70년 넘는 세월 동안 한반도가 분단되면서 우리는 기존의 옛 우리에서 다양한 모습으로 변형되었고 또 앞으로도 새로이 변화하는 와중에 있다. 남한과 북한, 그리고 저 너머 대륙으로 이어지는 경계의 언저리에도 한반도에 뿌리를 둔 사람들이 있다. 같은 언어를 쓰고, 같은 신화

를 가지며, 같은 음식을 먹고, 같은 이야기를 향유하는 같은 민족
이 있다. 이들은 모두 조금 특별하게 떨어져 있다가 다시 만나게
되었을 뿐 우리 가운데 한 조각이라는 사실에는 변함이 없다. 이
책에는 중국을 거치기도 하며 현재는 휴전선 이남에 뿌리내린 우
리의 어린 형제자매가 써 내려간 다양한 청춘, 사랑, 가족애, 자아
탐구, 독서, 편지, 창작 소설 등이 실려 있다. 모두 익숙한 우리 자
신의 모습이면서 조금은 특별한 감수성의 세계다. 국경이 삼엄해
지고 벽이 높아지면서 하나의 우리가 점점 더 골이 깊어지고 균열
이 심화하고 있다는 기분이 드는 요즘, 기댈 곳은 역시 이렇게 작
고 소소하고 순수하고 아름다운 개개인의 영혼이다. 예를 들면,
책 속에서 지은이가 "한 번만 더 내 이름을 불러줄 수 있어?"라
고 간곡히 부탁했을 때, 석양이 "나는 나의 외로움을 사랑하고 나
의 광활함을 사랑한다"라고 파도 앞에서 당당히 고백했을 때, 우
리가 와락 마음이 무너지며 눈물을 쏟을 것 같은 기분이 드는 것
은 그들이 다른 누구도 아닌 우리 자신임을 마음 깊은 곳에서 알
고 있기 때문이리라. 그 외로움, 그 쓸쓸함을 누구보다 더 잘 이해
하고 납득하고 공감하는 우리는 그래서 더 힘껏 부둥켜안고 함께
울고 웃을 수 있다. 하나의 세상에서, 하나의 마음으로 귀를 열고,
우리 안의 북소리를 맞이하자.

정수윤

작가·《파도의 아이들》 저자

《같은 하늘 아래서》는 북한 배경 청소년들의 목소리를 세상에 전달하고자 서울대학교 학생사회공헌단 '북소리팀'이 탈북민 대안학교인 반석학교와 협력하여 북한 배경 청소년들의 글을 담은 책입니다. 이 소중한 결과물은 단순히 한 사람의 경험을 나누는 것이 아니라, 같은 하늘 아래에서 그들이 겪은 삶의 경험, 성장, 그리고 변화를 공유함으로써 서로를 이해하고, 한층 더 깊이 있는 소통을 나누는 기회를 제공하고자 합니다.

북한 배경 청소년들은 과거와 현재, 그리고 미래를 넘나드는 복잡한 감정과 경험을 지닌 우리 사회의 구성원입니다. 그들은 어린 시절 고향을 떠나야 했고, 안전과 자유를 찾아 낯선 땅에서 새롭게 시작해야 했습니다. 이질적인 환경과 다양한 사회적 장애물 속에서, 북한 배경 청소년들은 끊임없이 자신만의 삶의 궤적을 그리며 성장해 왔습니다. 이 책은 바로 이들의 목소리를 세상에 전하기 위한 중요한 시도이자, 그들이 걸어온 길과 그 안의 감정들을 공유하려는 노력의 일환입니다.

1부는 북소리 프로그램을 통해 직접 작성된 북한 배경 청소년들의 자전적인 글들을 담고 있습니다. 이들의 글에는 일상적인 따뜻함과 슬픔, 그리고 희망이 함께 담겨 있습니다. 글쓰기는 이들에게 감정을 풀어놓을 수 있는 중요한 도구가 되었고, 이들의 내면에 존재하는 목소리들이 하나하나 더 힘차게 울려 퍼지게 해주었습니다. 2부에서는 북소리 프로젝트를 기획하고 진행해 온 학생사회공헌단 북소리팀 단원들의 관점에서 한 학기 간의 이야기를 담았습니다.

부록은 북한 배경 청소년들과 북소리팀의 교류 기록을 사진으로 담고 있습니다. 큐아르 코드를 통해 볼 수 있는 '브런치 매거진'에서는 만남을 통해 나눈 대화와 웃음, 그리고 서로 이해하는 과정들이 진지하게 그려집니다. 교류의 순간은 단순히 기쁨과 재미를 넘어서, 서로 다른 배경을 가진 사람들이 어떻게 감정을 교환하고, 공감하며, 신뢰를 쌓아 가는지를 보여 줍니다.

《같은 하늘 아래서》는 북한 배경 청소년들과 함께 더 나은 세상을 만들어 가기 위한 발걸음을 내딛는 책입니다. 이 책을 통해 우리는 모두 북한 배경 청소년들의 삶과 감정을 더 가까이 들여다보게 될 것입니다. 또한 그들의 이야기에 귀 기울이며, 우리가 북한 배경 주민들에게 느끼던 막연한 거리감을 해소하고 인류 보편의 감정을 공유하는 기회가 될 것입니다. 이 책을 읽는 모든 이들이 북한 배경 청소년들의 목소리를 통해 그들의 삶과 꿈을 응원할 수 있기를 바랍니다. 《같은 하늘 아래서》를 통해, 우리 모두 함께 꿈꾸고, 함께 웃으며, 함께 변화를 만들어 가는 세상이 펼쳐지기를 기원합니다.

김태균

서울대학교 글로벌사회공헌단 단장/서울대학교 국제대학원 교수

프롤로그

이 책은 서울대학교 학생사회공헌단이 기획하고, 탈북민 대안 교육 기관인 반석학교가 참여한 북(北; Book)소리 프로젝트의 결과물이다. 북소리 프로젝트는 7명의 북한 배경 청소년들이 자기 삶을 풀어낸 글을 엮어 책으로 출간하는 것을 목표로 2024년 8월 14일 시작되었다.

이 프로젝트는 오늘날 한국 사회가 북한 이탈 주민에게 느끼는 막연한 거리감을 개선하기 위해 기획되었다. 남북 간 분단과 긴장 상황이 지속되는 사이에 우리 사회는 점점 더 북한 이탈 주민에 대해 거리감을 느끼고 있으며, 특히 젊은 세대일수록 이러한 경향이 심화하고 있다. 이러한 현실 속에서 직접 자기 삶과 생각을 표현한 글을 더 넓은 세상하고 공유함으로써 북한 배경 청소년들이 살아온 삶과 감정에 관한 이해를 높이고, 나아가 북한 배경 청소년들이 우리하고 본질적으로 다르지 않다는 것을 이야기하고자 하였다. 프로젝트에 참여한 학생들은 소설, 시, 수필 등 다양한 형식을 통해 자기만의 진솔한 이야기를 담담히 담아냈다.

한 학기 동안 글쓰기 수업에 열심히 참여하며 자기 이야기를 표현해 준 학생들의 노력과 열정이 하나로 모여 책을 완성할 수 있었다. 신원 보호를 위해 학생들의 실명 대신 필명을 사용해 소개한다. 7명의 학생들은 각자 자신이 좋아하는 음식, 사물, 계절 등에서 영감을 얻어 개성 있는 필명을 직접 정했다. 1부 각 장에서 7명 학생들의 필명과 글들을 만날 수 있다. 2부에서는 '북소리 프로젝트'의 기획 배경과 진행 과정을 북소리팀 단원 시점에서 서술한다.

1부의 각 작품에는 학생들이 살아온 삶, 그리고 그 과정에서 접한 다채로운 감정과 생각이 오롯이 담겨 있다. 우리는 청소년들이 가진 가능성과 이야기의 힘을 믿는다. 일곱 개의 목소리가 세상에 전하는 깊은 '울림'에 귀 기울여 보라. 우리는 북한 배경 청소년들의 이야기가 우리 사회의 더 많은 이들에게 닿기를 희망한다. 이 책이 독자들로 하여금 그 청소년들의 삶과 꿈을 이해하는 계기가 되기를, 책의 마지막 장을 덮을 때는 '그들'이 아닌 '우리'로 북한 배경 청소년들을 바라볼 수 있기를 바란다.

책이 세상에 나올 때까지 정말 많은 분이 도움을 주셨다. 프로젝트 진행을 아낌없이 지원해 주신 서울대학교 글로벌사회공헌단 관계자들, 북소리팀과 반석학교 학생들의 원활한 소통을 도와주신 반석학교 정희윤 선생님, 자료 조사를 위한 인터뷰에 흔쾌히 응해 주신 서울대학교 통일평화연구원 김택빈, 최은영 연구원, 재능 기부로 중문판 원고 번역을 기꺼이 맡아 주신 서울대학교 중어중문학과 번역팀, 역시 재능 기부로 책 디자인과 더불어 북소리 프로젝트의 콘텐츠 디자인 전 과정을 담당해 주신 서울대학교 디자인연합(SNUSDY) 덕분에 더욱 풍성한 책을 만들 수 있었다. 진심으로 감사드린다. 그리고 성공적인 책 출간을 위해 매주 마라톤 회의와 과중한 업무도 마다하지 않은 북소리 팀원들과, 지루할 법한 작문 수업과 귀찮은 글쓰기 과제에도 늘 즐겁고 유쾌하게 활동에 참여해 준 7명의 반석학교 친구들에게 특별히 깊은 감사를 드린다. 또한 어려운 여건 속에서도 프로젝트의 메시지에 공감하여 책 출판을 흔쾌히 맡아 주시고 도와주신 이매진 출판사 정철수 대표에게도 감사 인사를 드린다.

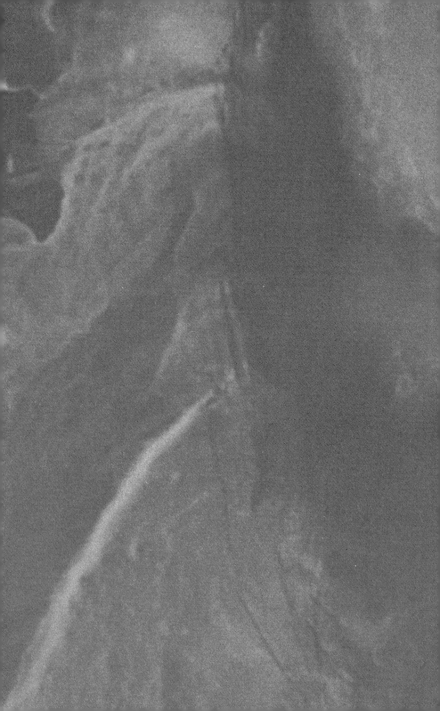

1

북 한   배 경
청 소 년 들 의
목   소   리

라면   단풍   ■

케이크 가을 석양

       ■   22 라벤더

북소리 프로그램에 참여한 반석학교 학생들이 10주 동안 진행한 글쓰기 수업 및 실습에서 적은 글과 평소에 틈틈이 써낸 과제 글을 모았습니다. 참여한 학생 대부분이 제3국 출생 북한 배경 청소년으로 한국어보다 중국어를 편하게 사용하기 때문에, 절반 정도의 분량은 중국어로 작성했고, 서울대학교 중어중문학과 번역팀이 한국어로 번역했습니다. 북소리팀 단원들은 학생들과 일대일 글쓰기 상담을 진행해 함께 원고를 검수했습니다. 학생들은 이 결과를 바탕으로 직접 자신의 글을 보완했습니다. 원고에서 최소한의 맞춤법과 오탈자, 비문 등을 수정하였지만, 학생들이 직접 쓴 원문을 최대한 손대지 않고 온전히 담고자 하였습니다. 1부에 실린 모든 글은 임의적으로 재가공되지 않은 북한 배경 청소년들의 온전한 글이라는 사실을 밝힙니다.

1   라면

스물다섯 청년이 전하는 삶과 사랑

중국 길림성 소도시에서 태어난 25살 청년은 삶의 한계에 얽매이지 않고 더 넓은 세상을 향해 스스로 걸어가고 있다. 그는 어릴 때부터 단단한 자립심을 키웠다. 고등학교 시절, 아버지에게 학교를 그만두겠다고 선언하고 홀로 먼 곳에서 일하며 생계를 꾸렸다. 추석날 일하는 식당에 손님으로 온 일가족을 보고 고향을 떠올리며 울던 그 밤, 가족이라는 울타리가 소중하다는 사실을 깊이 깨달았다.

지금은 한국에서 새로운 도전을 이어 가고 있다. '청춘은 판매 가격이 없고, 가장 빛나는 시기는 지금이다'라는 좌우명처럼 하루하루를 열정으로 채우려 한다. 한국어와 글쓰기를 배우는 한편 검정고시를 쳐 대학에 가 부사관이 되려 한다. 그런 생각의 이면에는 직업 이상의 가치가 자리 잡고 있다. 안정된 직업을 넘어 자유롭고 당당한 삶을 꿈꾼다.

축구와 기타 연주를 사랑하고, 작은 즐거움과 의미를 놓치지 않으려 한다. 친구들하고 함께하는 순간, 책 속에서 찾는 위로, 낯선 곳을 여행하며 느끼는 설렘 속에서 자기만의 자유를 발견한다. 청춘이라는 시간 속에서 자기를 키우고 자유로우면서도 의미 있는 인생을 만드는 여정은 현재 진행형이다.

만약 나에게 타임머신을 준다면

만약 나에게 과거로 돌아갈 수 있게 해주는 타임머신이 주어진다면, 나는 어느 시간으로 돌아가고 싶을까?

이 질문을 오랫동안 생각해왔다. 그럴 때마다 내 마음속에는 항상 나를 인도하는 목소리가 있다. 그 목소리는 나에게 말했다.

"샤오안 친구한테 가보렴."

오랫동안 샤오안을 만나지 못해서 그녀의 얼굴은 기억나지 않을 정도지만, 마음속으로는 줄곧 다른 종류의 느낌이 들었다. 나는 이 모든 것이 사랑에서 오는 두근거리는 마음일 수 있다는 것을 안다. 조금 후회할 수도 있겠지만, 그럼에도 불구하고 나는 여전히 그날들이 오직 나만의 특별한 기억이었다는 것을 잊지 않을 것이다.

2013년 8월의 어느 날, 오전 휴식 시간이었다. 나는 평소처럼 친구들과 운동장에서 뛰어놀고 있었다. 뛰어가던 중, 갑자기 한 목소리가 들렸다.

"너 내 발 밟았어!"

뒤돌아보니 귀엽게 생긴 한 소녀가 있었다. 나는 말을 더듬으며 말했다.

"미, 미안해요, 정말 미안해요. 일부러 그런 거 아니에요."

그 순간, 나는 얼굴이 빨개지고 심장이 빠르게 뛰었다.

며칠 후 저녁, 밥을 다 먹고 집으로 돌아오는 길에 그녀를 다시 만났다. 그때 그녀는 엄마와 함께 있었다. 그녀가 갑자기 나를 가리키며 말했다.

"엄마, 바로 이 사람이 내 발을 밟았어요, 지금도 아파요."

나는 속으로 '뭐야, 나는 일부러 그런 게 아닌데……. 그리고 이미 사과까지 했잖아. 이것까지 부모님한테 이른다고? 진짜 대단하네'라고 생각했다.

그녀의 엄마가 차가운 표정으로 나를 보며 말했다.

"너 학교에서 우리 딸을 괴롭히지 마, 알겠어? 다음에 또 이런 일이 있으면 선생님께 찾아갈 거야."

"엇, 알겠습니다. 알겠습니다. 죄송합니다. 죄송합니다."

내가 급히 대답했다.

그녀가 바로 이 이야기의 여자 주인공, 샤오안이다. 우리의 이야기는 이렇게 시작되었다.

중학교 2학년 때, 나는 학교의 장거리 달리기 팀에 참가했고, 샤오안은 육상팀에 참가했다. 그해 우리는 거의 대화하지 않았고, 가끔 나누는 대화도 팀 문제에 관한 것이었다. 이야기의 전환점은 운동회 때 일어났다. 그해 운동회에서 나는 우연히 학년 전체에서 1등을 했다. 그로 인해 명성이 자자해졌고, 반의 중심이 되었으며, 선생님들의 총애를 받았다.

심지어 체육부장을 겸임하는 교감 선생님은 한 번은 국기 게양식에서 공개적으로 나를 칭찬하며 말했다.

"5반의 그 ○○○ 학생은 평소 훈련이 아무리 힘들어도, 누구를 만나도 항상 미소를 띠며, 마음가짐이 아주 좋습니다. 모두 그를 본받아야 합니다."

그 이후로 나와 샤오안의 대화도 점점 더 많아지기 시작했다. 물론 여전히 주로 훈련에 관한 이야기였지만, 가끔은 사소한 일들에 대해서도 수다를 떨었다. 우리는 점점 더 친해졌고, 나와 샤오안은 좋은 친구가 되었다.

불행히도 그 운동회에서 거둔 한 번의 승리로 인해 나는 교만해졌다. 매일 가장 기대되는 것은 방과 후 훈련이었고, 공부는 전혀 눈에 들어오지 않았다. 그 결과 중학교 2학년 기말고사 점수가 매우 낮았다. 학교에서는 1년을 유급하라고 권유했다. 그렇게 나는 한 학년을 내려갔다. 운 좋게도 나는 샤오안의 반을 배정받았다. 하늘이 나를 도운 것 같았고, 마음속으로 엄청나게 기뻐했다.

개학할 때 우리 반은 성적순으로 자리를 배정했다. 나는 반에서 가장 큰 형으로서 원하는 자리를 자유롭게 고를 수 있었지만, 샤오안의 옆자리는 고를 수 없었다. 당시에는 용기가 없었기 때문이다. 그래서 나는 샤오안과 같은 책상을 쓰면서도 다른 사람들이 내 마음을 눈치채지 않도록 할 방법을 생각해냈다. 어느 날, 나는 그녀와 대화를 나누던 중 무심코 그녀에게 물었다.

"샤오안, 자리 고를 때 어디에 앉고 싶어?"

샤오안은 대답했다.

"나는 세 번째 줄에 앉고 싶어."

나는 말했다.

"정말? 우리 둘이 같은 생각이야. 나도 세 번째 줄에 앉고 싶었는데."

그래서 나는 샤오안과 하나의 통로를 사이에 두고 바로 옆자리로 자리를 선택했다. 이렇게 하면 3주에 한 번씩 자리가 바뀔 때마다 결국 샤오안과 함께 앉을 수 있었다.

우리가 함께 앉은 첫날을 아직도 기억한다. 그때 그녀는 자리에 앉아 공부하고 있었다. 그 진지한 모습은 정말 매력적이었고, 나는 천천히 그녀에게 다가갔다. 그 순간, 내 마음은 그녀의 손끝에서 움직이는 펜 끝에 맞춰 목구멍까지 올라갔다. 나는 떨리는 목소리로 말했다.

"안녕 샤오안. 함께 같은 책상에 앉게 되어 정말 기뻐."

"안녕, 학교 우등생! 이제 매일 너한테 모르는 문제를 질문할 수 있겠다."

샤오안은 기쁘게 말했다.

나는 유급하면서 예전에 배운 교재를 다시 공부했기 때문에 쉽게 이해할 수 있었고, 월말시험에서는 거의 매번 10등 안에 들었다. 나는 비록 입으로는 '아니야, 아니야. 나는 우등생이 아니야.'라고 말했지만, 내심은 너무 기뻐서 '예스! 예스! 예스! 세상은 정말 아름다워!'라고 생각했다.

함께 앉은 이후로 많은 재미있는 일들이 일어났다. 쉬는 시간에 나는 가끔 책상에 엎드려 쉬기도 했다. 샤오안은 가끔 내 팔에 실수로 닿을 때가 있었고, 그런 우연한 신체 접촉도 내 마음을 떨리게 만드는 데 충분했다. 그녀는 가끔 나에게 간식을 나눠 주기도 했다.

"여기, 곰 박사 젤리, 나 이거 정말 좋아해."

"응, 정말 맛있네."

나는 젤리를 먹으면서 말했다.

나는 그 일을 기억했고, 그 이후로 자주 젤리를 사 왔다. 가게에 있는 다양한 맛의 젤리를 다 먹어 봤다. 그 후, 젤리는 우리가 쉬는 시간마다 가장 즐기는 놀거리가 되었다.

어느 날, 나는 애니메이션에 나오는 근육질 남자 그림이 그려진 티셔츠를 입고 있었다. 그때 나는 많이 말랐고, 그 티셔츠를 입으니 다소 우스꽝스러워 보였다. 샤오안이 내 옷차림을 보고 웃으며 말했다.

"너 그 옷 입으니까 너무 '맨(man)'이야. 크크크. 이제부터 너를

'맨 오빠'라고 부를게."

"어? 맨 오빠?"

나는 그 이름을 듣고 곰곰이 생각해봤다. 나는 그 이름이 매우 마음에 들어, 그 후로 내 모든 계정 닉네임과 가능한 모든 이름을 '맨'이라 했다. 이후 중학교 3학년이 되자 몸이 자라면서 점점 살이 붙고 체형도 건강해졌다. 그 옷을 다시 입었을 때 그다지 어색하지 않았다. 하지만 '맨'이라는 이름은 여전히 계속 쓰고 있다. 그 이름은 나에게 특별한 의미가 있기 때문이다.

중학교 3학년 2학기, 중요한 중간고사가 다가오고 있었다. 나는 그 시점에서 그런 이야기를 꺼내는 게 옳지 않다는 것을 알고 있었다. 그러나 졸업 후 그녀를 다시 만날 기회가 거의 없을 것이라는 생각에, 결국 그날 점심에 샤오안에게 고백했다.

컴퓨터를 켜고 채팅 창을 열었다.

'샤오안, 나는 너를 좋아해. 나는 너와 같은 고등학교에 가고, 같은 대학에 가고 싶어. 그리고 너와 함께 있고 싶어.'

그 말을 보내고 난 후, 그날 오후 나는 긴장되고 복잡한 마음으로 교실로 들어갔다. 내 마음속에 수천 마리 말이 미친 듯 달리고 있다고 해도 과언이 아니었다. 수업이 시작할 때까지 20분도 채 남지 않은 시간이었지만, 샤오안 자리에는 아무도 없었다. 평소 그녀는 정시에 딱 맞춰 교실에 들어오는 사람이 아니었다.

나는 뭔가 안 좋은 예감이 들었다. 분명 뭔가 일이 있을 거라고 생각했다. 다행스럽게도 수업 시작 10분 전쯤 샤오안이 들어왔다. 황급히 교실로 들어온 그녀는 굳은 표정으로 아무 말도 하지 않았다.

저녁에 집에 돌아와 컴퓨터를 켰을 때 샤오안이 보낸 읽지 않은 메시지가 있었다. 메시지를 열어 보니 '저는 샤오안 학생의 아빠입니다'라고 쓰여 있었다.

나는 마음속으로 생각했다. '어? 이렇게 바로 아버지께 말한 건가? 큰일 났다. 일이 들통났어. 그래, 누구나 한 번쯤은 충동적으로 이런 일을 할 때가 있지.' 지금 생각해도 그때의 나는 정말 바보 같았다.

다음 날, 학교로 가는 길에 교무실 앞을 지나가는데 샤오안의 아버지가 담임 선생님과 이야기를 나누고 있는 모습을 보았다. 그 일이 뭔지 굳이 말하지 않아도 알 수 있었다.

곧 담임 선생님께 불려갈 것이라고 생각한 때 나는 어렴풋이 담임 선생님이 이렇게 말씀하시는 걸 들었다.

"괜찮아요, 이 나이대에서 이런 일은 아주 흔한 일이에요, 아버님이 생각하시는 것만큼 심각하지 않아요."

담임 선생님은 나를 따로 불러서 이야기하지는 않으셨고, 마치 아무 일도 없던 것처럼 지나갔다. 그 일이 그렇게 지나가고 수년이 지난 지금도 그때 우리 담임 선생님이 그렇게 열린 마음을 가져 주신 것에 대해 여전히 감사하게 생각한다. 당시에는 남녀 간

만약 나에게 타임머신을 준다면

의 이른 연애가 명백히 금지되었기 때문이다.

나와 샤오안 사이의 분위기는 다소 어색해졌다. 그래도 여전히 서로 정상적으로 대화하며, 다가오는 중간고사를 위해 함께 열심히 공부했다. 어느 날 샤오안은 내게 말했다. 사실은 그녀가 아버지에게 그 일을 말한 것이 아니었다고. 사실 그녀의 채팅 앱이 오래전부터 아버지에 연결되어 있었기 때문에 아버지가 내 메시지를 본 것이라고 했다. 그리고 지금은 그녀가 그 연결을 끊었다고 말했다.

내 성적은 다소 떨어졌다. 최하위는 아니지만 상위 10위 안에 든 적은 없었다. 반면 샤오안은 언제나 반에서 상위 3명 안에 드는 성적을 유지하고 있었다.

그 후 우리 반은 군내 창의력반 자율 선발 시험에 참가하게 되었다. 가장 친한 친구들이 모두 합격했으며, 그중에는 샤오안도 포함되었다. 하지만 나는 탈락했다. 나는 이 일이 무엇을 의미하는지 알고 있었다. 비록 나는 확고한 유물론자이지만, 때때로 설명할 수 없는, 그저 인연 또는 운명이라 불리는 것들을 믿을 수밖에 없다고 느낀다.

반에 돌아와 나는 긴장된 마음으로 샤오안에게 물었다.

"샤오안, 창의력반에 가고 싶어?"

"나는 가고 싶은데, 아직 고민 중이야. 너는?"

샤오안은 약간 망설이면서 말했다.

나는 그녀가 고민하는 이유를 알았고, 우리는 같은 고등학교에 가지 못할 것이라는 사실을 알고 있었다.

중간고사가 끝난 후, 샤오안은 군으로 이사를 갔고, 나는 여전히 동네에 남았다. 나는 동네의 평범한 고등학교 일반반으로 갔고, 샤오안은 군에서 제일 좋은 고등학교의 창의력반에 입학했다. 그 후 우리는 연락이 끊겼다.

시간이 지나 고등학교 1학년 1학기가 끝나고 새해가 다가오는 밤. 11시 59분, 카운트다운 때 나는 샤오안에게 메시지를 보냈다.

'새해 복 많이 받아, 샤오안.'

몇 초 후, 몇 초짜리 음성 메시지가 채팅 창에 나타났다.

'새해 복 많이 받아.'

오랜만에 그녀의 목소리를 들은 탓인지 나는 잠시 멍해지더니 심장이 빨리 뛰기 시작했다.

'너 목소리 정말 좋다. 사실 나는 네가 동네에서 고등학교를 다니지 않을 거라는 것을 알았을 때 꽤 많이 속상했어.'

내가 말했다.

'사실 나도……'

샤오안은 더는 말을 이어 가지 않았고, 그 후 우리는 다시 연락이 끊겼다.

고등학교 1학년은 가장 힘든 해였다. 매일 끝없는 숙제와 끝나지 않는 보충 학습이 있었다. 다른 친구들이 쉬거나 노는 모습을

만약 나에게 타임머신을 준다면

볼 때마다, 견디기 힘들 때마다, 포기하고 싶을 때마다 나는 손에 쥔 펜을 내려놓고 창밖을 바라보았다. 그때 마을에서 멀리 떨어진 도시의 다른 쪽에 있는 샤오안도 힘겹게 공부하고 있다는 것을 알았기 때문에, 나는 혼자가 아니었다.

고등학교 1학년 어느 겨울 주말, 나는 샤오안을 만나기로 결심했다. 그녀를 한 번 보고 싶었다. 공부에 집중해야 할 시기라 핸드폰이 없어서 그녀가 다니는 학교 정문 앞에서 기다릴 수밖에 없었다. 아침 10시쯤 도착해 멍하니 정문 앞에서 그녀가 하교할 때까지 기다렸다. 11시 45분쯤부터 학생들이 하나둘씩 정문에서 나오기 시작했다. 가장 눈에 띄는 자리에 서서 그녀가 나를 볼 수 있기를 기도했다. 북적이는 사람들 속에서 샤오안의 모습을 계속해서 찾았다.

한 명 또 한 명 내 옆을 지나갔고, 결국 교문 앞에 더는 아무도 없을 때, 나 혼자만 남았다. 분명 그녀를 놓쳤지만, 결코 포기하지 않았다. 오후에 또 한 번 기회가 남아 있었기 때문이다. 나는 샤오안이 오후에 학교에 갈 때까지 계속 기다릴 수 있었다. '그래! 이렇게 해야지!' 그래서 나는 멍하니 학교 문 앞에 서서 시계를 응시하며, 초침이 한 바퀴, 또 한 바퀴 돌아가는 걸 셌다. 그리고 이곳이 샤오안이 매일 학교에 올 때 지나가는 장소라는 사실을 생각하며 그 장면을 상상해 보기도 했다.

누군가 학교 문을 통과하려 할 때마다 내 시선은 마치 저격총처럼 조준하며 샤오안인지 아닌지 똑똑히 살펴보았다.

그녀는 지금 어디에 있을까……. 시간은 1분 1초 지나갔고, 캠퍼스에 들어오는 사람들은 점점 더 많아지는데, 나는 여전히 가장 눈에 띄는 공터에 서서, 사람들 속에서 샤오안의 모습을 찾고 있었다.

시계탑의 초침은 여전히 한 바퀴, 또 한 바퀴 돌고 있었고, 내 희망은 점점 더 사라져 갔다.

마지막 한 사람의 모습이 교문을 지나 사라지고 텅 빈 공터에는 다시 나 혼자만 남았다.

나는 이제 내가 떠날 때라는 것을 깨달았다. 아마도 또 그 설명할 수 없는, 얄미운 운명이 장난을 친 걸지도 모른다. 우리에게 한 번이라도 다시 만날 기회조차 주지 않으려는 걸까…….

나는 천천히 몸을 틀어 발길을 돌렸다. 마음은 복잡한 감정이 얽혀 있었다. 석양은 내 그림자를 길게 늘어트렸고, 말없이 나와 함께하며 마치 조금의 위안을 주는 듯했다. 나는 이 무의미한 기다림이 뭘 의미하는지, 혹시 그 기다림이, 혹은 어떤 감정이나 노력이 아무리 진실되고 집요해도 여러 가지 이유로 원하는 대로 이루어지지 않을 수 있다는 현실을 상기시켜 주는 것은 아닌지 되돌아보게 되었다.

몇 년이 지난 어느 해 봄, 나는 한 카페에서 우연히 샤오안을 만났다. 햇살이 창문을 통해 그녀의 머리카락 끝에 내려앉았고, 그녀는 여전히 아름답고 사랑스러웠다. 서로를 알아본 우리는 서로 바라보며 미소 지었다. 시간은 그 순간 멈춘 듯했고, 걱정 없던 그 시절로 돌아간 기분이었다. 나는 용기를 내어 침묵을 깼다.

간단히 안부를 나눈 뒤 나는 무심코 학교 정문 앞에서 그녀를 기다린 그날 이야기를 꺼냈다. 그녀는 깜짝 놀라며 말했다.

"그날 정말 그렇게 오래 기다렸어?"

나는 고개를 끄덕이며 쓴웃음을 지었다.

"그래, 아침부터 오후까지 기다렸어. 결국 홀로 쓸쓸히 돌아섰지."

그녀의 눈에 미안한 기색이 스쳤다.

"그날 집에 일이 있어서 학교에 가지 못했어. 네가 온 걸 알았다면 꼭 너를 보러 갔을 텐데."

나는 천천히 고개를 저으며 말했다.

"아마도 그건 운명의 장난이었겠지. 하지만 그날 경험으로 많은 것을 배웠어."

샤오안이 조용히 물었다.

"예를 들면?"

나는 그녀를 깊이 바라보며 말했다.

"예를 들면, 모든 기다림이 결과를 가져다주지는 않지만, 기다림의 경험은 내게 눈앞의 사람과 순간을 더욱 소중히 여기게 해준다는 거야."

그녀는 잠시 침묵하더니 부드럽게 말했다.

"나도 그래. 그동안 나도 많은 걸 배웠어."

우리는 오랜 시간 이야기를 나누며 각자의 성장과 변화를 공유했다. 샤오안은 지금은 실습 중인 의사로서 매일 도움이 필요한 사람들을 돕고 있다고 했다. 나는 어릴 적부터 소설을 쓰고 싶다는 꿈을 품고 있었다. 잊을 수 없는 아름다운 순간들을 글로 남기고 싶기 때문이었다.

"알아? 샤오안. 내가 나중에 정말 소설을 쓰게 된다면, 넌 분명 내 책 속의 여주인공이 될 거야."

나는 진지하게 말했다.

그녀는 눈물이 맺힌 눈으로 웃으며 대답했다.

"나도 그래, 맨 오빠. 넌 항상 내 기억 속에서 용감한 소년이야."

우리는 서로를 바라보며 웃었다. 그 시절의 오해와 아쉬움은 이 순간에 모두 사라졌다. 우리는 과거의 감정을 다시 꺼내지 않았고, 단지 현재의 재회를 소중히 여겼다.

헤어질 때 샤오안은 내 손을 꼭 잡으며 말했다.

"맨 오빠, 우리가 이후에 다시 만나든 못 만나든, 오빠를 기억할게. 우리 이야기도 잊지 않을 거야."

나는 그녀의 손을 단단히 잡으며 힘주어 말했다.

"나도 그럴 거야, 샤오안. 우리 이야기는 끝나지 않을 거야."

우리는 서로를 껴안고 작별 인사를 나누었다. 그리고 각자의 미래로 걸음을 옮겼다. 석양 속에서 우리의 그림자는 길게 늘어졌고, 그 순간은 우리의 추억처럼 아련하고 따스했다.

비록 내 타임머신은 나를 과거로 데려가지는 못했지만, 한 가지 중요한 깨달음을 안겨 주었다. 삶은 과거로 돌아가는 것이 아니라 용기 있게 미래를 마주하는 것이다. 모든 만남과 이별은 우리 인생 여정에서 소중한 자산이다.

사실 인생에서 놓친 모든 순간은 저마다 의미가 있으며, 우리에게 소중함을 가르쳐 주고, 인내를 배우게 하며, 진정한 우정과 동반자란 시간과 공간의 거리 때문에 색이 바래지 않고 오히려 마음속에 뿌리를 내리고 자라면서 가장 아름다운 꽃을 피운다는 것을 깨닫게 해준다. 내 마음에는 '용기와 희망'이라는 씨앗이 싹을 틔우기 시작했다. 그 씨앗은 내 인생의 모든 순간마다 내가 용감하게 도전에 직면할 수 있게 해주었고, 모든 만남을 소중히 여기며, 모든 놓친 기회를 담담히 받아들일 수 있게 도왔다.

나는 깊게 숨을 들이쉬고, 발걸음을 내디뎠다. 내 미래를 향해 나아가며, 마음속에는 용기와 희망이 가득 차 있었다. 왜냐하면 나는 혼자가 아니라는 걸 알기 때문이다.

당신의 인생은 만점

"당신의 인생은, 설사 엉뚱한 답을 써도 만점일 수 있을까?"

당신은 인생의 시험장 앞에서, 하얗게 빛나는 시험지를 마주하며 손바닥에 땀이 나고 심장이 빨리 뛰는 경험을 해본 적이 있는가? 당신은 매번 선택의 갈림길에서 자신의 답이 완벽하지 않다고 걱정하며 머뭇거리고 있는가? 친구들아, 우리 게임을 하나 해보자. 만약 인생이라는 시험에 정답이 없다면, 매번 답을 적을 때마다 그게 맞든 틀리든 간에 모두 만점이 된다면, 어떻게 될까?

"어제는 역사, 내일은 미스터리, 오늘은 선물."

이 말은 마치 시간의 안개를 뚫고 지나가는 한 줄기 빛처럼 우리에게 인생에 대한 가장 깊은 이해를 선사한다. 이 빠르게 변하는 세상에서 우리는 저마다 백지 시험지를 손에 쥔 수험생이 되어 '인생'이라는 이름의 시험을 마주하고 있다. 때때로 우리는 막막함을 느끼고, 때로는 자신의 답이 완벽하지 않다고 하며 두려워하지만, 친구여, 설사 엉뚱한 답을 써도, 당신의 인생은 만점이라고 말해 주고 싶다.

이 글 첫머리에 제시된 질문은 마치 고요한 호수에 던져진 돌처럼, 잔잔한 물결을 일으키며 우리로 하여금 지금 이 순간에 대해 생각하게 만든다. 어제는 이미 지나갔고, 그것은 우리의 과거를 만들어 냈지만 우리의 미래를 정의할 수는 없다. 내일은 아직 수수께끼이고 무한한 가능성으로 가득 차 있다. 하지만 오늘만은 우리가 파악할 수 있다. 이 하루 동안 우리는 자유롭게 자신의 답을 쓸 수 있다. 비록 그 답들이 다른 사람의 눈에는 뒤죽박죽으로 보일 수 있지만, 그것들이 바로 당신의 가장 진실된 인생 경험이다.

빠르게 변화하는 사회 속에서, 우리는 종종 인생 계획을 명확하게 세우고, 곧은 성공의 길을 가야 한다는 말을 듣는다. 그러나 인생은 결코 직선이 아니다. 굴곡과 우연으로 가득 차 있다. 때로는 예정된 경로에서 벗어나기도 하고, 심지어 어떤 순간에는 완전히 길을 잃은 기분이 들기도 한다. 하지만 바로 그런 실수와 혼란이 우리만의 독특한 인생 이야기를 만들어 낸다.

친구여, 당신의 인생을 한 걸음 한 걸음 완벽하게 걸을 필요는 없다. 사실 '틀림'으로 표시되는 선택은 종종 우리에게 가장 중요한 교훈을 준다. 그런 선택은 우리에게 강인함을 배우게 하고, 적응하는 법을 가르쳐 주며, 실패 속에서 새로운 출발점을 찾게 해 준다. '엉뚱한 답'은 인생을 탐구하는 하나의 방법이자, 자신을 깊이 이해하는 과정이다. 그 경험들은 당장에는 감점 요인처럼 보일 수 있지만, 길게 보면 당신의 인생을 만점으로 만드는 중요한 부분이다.

역사 속 위인들을 떠올려 보면 그들의 인생도 결코 순탄하지 않았다. 토머스 에디슨은 전구를 발명하기 전에 수천 번 실패했고, 그 실패들 각각이 하나의 '엉뚱한 답'이었다. 하지만 바로 그 실패한 답들이 결국 인류 문명의 밤하늘을 밝혔다. 조앤 롤링은 《해리 포터》 시리즈가 출판되기 전에 12번 거절당했는데, 큰 타격을 준 그런 시련들이 결국 마법의 세계를 탄생시켰다. 인생은 바로 '엉뚱한 답'들 덕분에 더욱 풍성해진다.

당신 인생도 마찬가지다. 혼란스러워 보이는 선택들, 남들이 이해하지 못하는 결정이 바로 당신의 인생 여정에서 빼놓을 수 없는 부분이다. 그런 선택은 당신 인생에 예기치 않은 놀라움과 기쁨을 선사하고, 당신 이야기에 전환점과 깊이를 더해 준다. 실수를 두려워하지 말고, 비틀거리는 길을 피하지 말아라. 그런 혼란이 바로 당신 인생에서 가장 소중한 자산이기 때문이다.

친구여, 당신 인생에 다른 사람이 점수를 매길 필요가 없다. 이 세상에서 당신 인생에 점수를 매길 자격이 있는 사람은 오직 당신 자신뿐이다. 당신의 기쁨, 당신의 꿈, 당신의 성취는 모두 당신이 정의하는 것이다. 다른 사람 눈에 '엉뚱한 답'처럼 보일지라도, 그 엉뚱한 답이 당신이 원하는 삶이라면, 그 삶이 바로 만점인 답이다.

어제는 역사로, 우리에게 성장을 가르쳐 주었다. 내일은 미스터리로, 우리에게 탐구할 자극을 주었다. 오늘은 선물로, 우리에게 창조할 기회를 주었다. 이 선물 같은 오늘, 두려워하지 말고 시도하고 모험하고 '엉뚱한 답'을 써보자. 당신의 인생은 어떤 대답을 쓰더라도 만점이니까.

그러니 친구여, 고개를 들고 가슴을 펴 당신의 인생 시험지에 용감하게 답을 써보자. 인생에는 정답이 없기 때문에 그 답이 정답인지 걱정하지는 마라. 당신의 경험, 당신의 느낌, 당신의 선택은 모두 유일무이한 것이다. 당신의 인생은 바로 그 '엉뚱한 답'들 덕분에 완전하고 멋지게 된다. 기억해라, 하루하루가 새로운 시작이고, 모든 '엉뚱한 답'이 만점으로 가는 한 걸음 한 걸음이다.

2 단풍

조용하지만 따뜻한 삶

북한 함경북도 새별군에서 태어나 중국 산둥성에서 18년을 보내고, 이제는 한국에 정착한 '단풍'은 단풍처럼 조용하지만 따뜻한 삶을 지향하고 있다. 이 필명은 서울대학교 캠퍼스 투어 때 본 아름다운 단풍에서 영감을 얻었다. 2023년 12월, 아버지와 함께 한국에 들어와 이미 한국에 살고 있던 어머니와 여동생을 재회했다. 올해 4월 반석학교에 입학해 한국어와 글쓰기를 배우며 새로운 도전에 나서고 있다.

조용하고 부끄럼 많이 타는 성격에 드라마를 보며 혼자 보내는 시간을 좋아한다. 그런 단풍에게 글은 사실을 기록하고 따뜻한 마음을 전하는 수단이다. 특히 자기 글을 읽는 사람들이 따스함을 느끼면 좋겠다고 말한다.

단풍의 롤 모델은 중국 농학자 위안룽핑(袁隆平)이다. "위안룽핑은 중국의 굶주림 문제를 해결한 이타적인 사람으로, 남을 위해 사는 삶에 깊은 감명을 받았습니다." 자유롭고 따뜻한 삶을 살아가기를 바라는 단풍의 모습은 앞으로 펼쳐질 인생에서 단풍처럼 아름답고 풍요로운 색깔을 만들어 내리라는 예고다.

내 인생의 한 줄기 빛

3살 때 외할머니 댁에 맡겨진 후로는 부모님을 거의 만나지 못했다. 부모님은 일에 치이고 갓 태어난 동생을 돌보느라 나를 완전히 잊은 듯했다. 엄마는 외할머니 외동딸인데도 외할머니 댁에 자주 찾아오지 않았고, 그래서 그런지 나는 외할머니와 서로 의지하며 사는 생활에 금방 익숙해졌다. 정말 행복했다. 외할머니가 나를 각별하게 아껴 주셨기 때문이다. 외할머니는 맛있는 음식이나 재미있는 것들이 있으면 항상 내게 주셨고, 예쁜 옷도 직접 만들어 주셨다. 외할머니가 한 땀 한 땀 정성껏 만들어 주신 옷을 입고 다닐 때면 주변 사람들이 부러운 시선을 보냈고, 그럴 때마다 외할머니를 사랑하는 마음이 더욱 커졌다.

여름밤이면 우리는 함께 옥상에 돗자리를 깔고 누워 반짝이는 별들을 바라봤다. 외할머니가 부르는 자장가를 들으며 달콤한 꿈나라로 스르륵 빠져들었다.

"할머니, 저를 평생 사랑해 주실 거죠?"

나는 외할머니 품에 파고들며 조심스레 물었다.

"그럼, 외할머니는 우리 요요(瑶瑶)를 영원히 사랑한단다."

외할머니가 내 이마에 입을 맞추며 대답했다. 할머니는 언제나 한 치의 망설임도 없이 대답했다. 물론 나도 외할머니를 세상에서 가장 사랑했다.

내가 6살쯤 된 때 일이다. 친구와 함께 놀려고 신이 난 마음으로 이웃집을 찾아갔다. 문 앞에서 그 애 이름을 불러도 대답이 없어 집 안으로 들어갔는데, 방에 들어가자 그 애가 뭔가를 황급히 숨기는 게 보였다. 무엇이냐 묻자 그 애는 대답 대신 밖에 나가서 놀자고 했다. 그때는 놀고 싶다는 생각뿐이어서 대수롭지 않게 여겼다. 그날 우리는 다른 친구들을 만나 들판에서 나무인간 놀이 (한국의 얼음땡과 비슷한 전통 놀이)를 하며 신나게 놀았다. 하늘이 어두워지고 달이 뜰 때까지 놀고 나서야 달을 구실로 헤어져 각자 집으로 돌아갔다.

집에 들어서자 외할머니가 만드신 음식 냄새가 물씬 풍겨 왔다. 나는 냄새를 따라 부엌으로 갔고, 외할머니는 장난스러운 표정으로 말했다.

"이 녀석, 이제야 집 생각이 났니? 얼른 밥 먹을 준비해라."

손을 깨끗이 씻고 밥상 앞에 앉아 얌전히 기다리고 있는데 이웃집 아주머니가 와서 외할머니와 몇 마디를 나누더니 이내 돌아갔다. 무슨 이야기를 했는지 듣지는 못했지만, 외할머니 얼굴이 순식간에 굳어져 무서운 표정을 띠었다.

"손 내밀어 봐!"

외할머니는 평소와 전혀 다른 엄격한 목소리로 나를 꾸짖으셨다. 외할머니의 엄한 얼굴에 나는 정말 깜짝 놀랄 수밖에 없었다. 할머니가 내게 이런 적은 없었다. 외할머니는 내 작은 손을 힘껏 당겨 언제부터 들고 있었는지 모를 나뭇가지로 손바닥을 세게 내리쳤다. 나는 서럽게 울었다. 무슨 잘못 때문인지도 모르는 채 말이다.

"왜 남의 물건을 가져갔니? 할머니가 너한테 뭐든 다 해주지 않았니? 할머니가 남의 물건은 절대 가져오면 안 된다고 말했지 않니?"

외할머니의 얼굴에는 화가 가득했다. 나는 울먹이며 대답했다.

"아니에요. 정말 아니에요. 저는 몰라요."

숨도 제대로 못 쉬며 답했지만 외할머니는 내 말을 믿지 않으셨고, 나는 화가 나서 저녁도 먹지 않고 외할머니와 말도 하지 않았다. 그날 밤은 처음으로 외할머니의 자장가 없이 잠들어야 했고, 꿈속에서도 계속 우는 듯한 기분이었다.

다음 날 아침 눈을 뜨니 외할머니가 내 옆에 앉아 있었다. 외할머니는 다시 평소의 다정하고 자상한 모습으로 돌아왔다. 하지만 나는 외할머니에게 아무 말도 하고 싶지 않았다. 외할머니가 나를 믿어 주지 않았고, 그래서 더 이상 내가 믿고 기댈 수 있는 사람이 아니라고 생각했다.

"어제는 할머니가 잘못했어. 너를 믿어 주지 못해서 미안해. 할머니는 네가 그런 나쁜 길로 샌다는 생각에 더 엄하게 굴었던 거야. 할머니에게 너는 전부야. 할머니를 용서해 줄래?"

외할머니의 눈에는 눈물이 맺혀 있었고, 마음속 깊은 곳에서 미안함이 느껴졌다. 나에게 외할머니는 강한 사람이었다. 강인하고, 옷매무새도 늘 깔끔하며, 한 치의 빈틈도 없이 다른 사람들 앞에서 쉽게 감정을 드러내지 않던 외할머니가 눈물을 보였다. 외할머니의 진심을 느낀 나는 더 이상 외할머니를 원망할 수 없었다. 나는 외할머니를 꽉 안았고, 그 순간 서운한 마음도 모두 사라졌다. 외할머니의 사랑도 느꼈고, 강인함도 느낄 수 있었다.

2년 후 어느 날 아침, 잠결에 깨니 희미하게 낯선 두 사람의 실루엣이 눈에 들어왔다. 외할머니는 그 두 사람과 뭔가를 이야기하고 계셨다.

"엄마, 요요도 이제 8살이 됐으니 학교에 갈 때가 되었어요. 도시에서는 더 나은 환경에서 키울 수 있으니 데리고 가려고요."

한 여자가 간곡히 말하는 목소리가 들렸다.

"지금까지 얼굴 한 번 안 비추더니 이제 와서 데려가겠다고? 이 아이는 세 살 때부터 나랑 살았어. 너희가 몇 번이나 보러 왔니? 다른 아이들은 모두 엄마, 아빠랑 함께 사는데, 너희들은 어땠어? 이 애가 있다는 걸 기억이나 하고 있었니? 데려가려거든 애한테 직접 의견을 물어봐라. 따라가겠다고 하면 나도 허락할 테니."

외할머니는 자애로우면서도 단호한 어조로 대답했다.

잠시 후, 잠에서 깬 나를 발견한 여자가 내 머리를 부드럽게 쓰다듬으며 말했다.

"요요, 깼니? 난 네 엄마고, 여기는 아빠야. 우리가 널 데리러 찾아왔어."

말로만 듣던 엄마와 아빠를 만났지만, 나를 버렸다는 걸 알고 있기 때문에 별로 친밀감이 생기지 않았다. 외할머니 곁으로 달려가 외할머니를 꼭 껴안았다. 그 후 며칠 동안 엄마와 아빠는 함께 머물면서 내 마음을 돌리기 위해 노력했다. 동네에서 새로 산 옷도 그렇고, 본 적도 없는 장난감도 그렇고, 며칠 동안 최선을 다해 나에게 잘 대해 줬다. 며칠간 놀러 나가면 주변에서 부러운 눈초리를 받기도 했다. 그런 세심한 배려에 마음이 흔들릴 때도 있었지만, 내가 떠나면 외할머니가 혼자 있게 된다는 생각에 마음을 접었다.

일주일이 또 흘렀고, 엄마 아빠는 목적을 분명히 했다. 내가 집에 가기만 한다면 나를 위해 정성스레 준비해 둔 방도 있고, 친구들도 많이 사귈 수 있으며, 매일같이 내가 집에 오기를 조르는 남동생이 있다고 했다. 또한 여름 방학 때나 외할머니가 보고 싶어지면 언제든 이곳으로 돌아올 수 있다고 말했다. 나는 외할머니 쪽을 바라봤다. 외할머니의 따뜻한 눈은 내 선택을 존중한다고 말하고 있는 듯했다. 한 번쯤 엄마와 아빠의 사랑을 받아 보고 싶던 나는 유혹을 못 이기고 알겠다고 했고, 다음 날 아침 일찍 우리는 바로 출발했다.

외할머니는 우리를 마을 어귀 버스 정류장까지 데려다 주셨다. 조용히 버스가 도착하기를 기다리고 있는 동안 나는 외할머니 옆에 가까이 붙어서 외할머니와 마지막으로 보내는 매분 매초를 소중히 느꼈다. 얼마 지나지 않아 버스가 왔고, 엄마에게 이끌려 버스에 올라탔다. 나는 버스 뒤편으로 달려가 온 힘을 다해 외할머니에게 마지막 인사를 건넸다. 버스가 출발했고, 점점 멀어지는 외할머니를 바라보는데 문득 외할머니의 뒷모습에서 외로움이 느껴졌다. 눈물이 왈칵 쏟아져 문을 향해 달려갔다. 엄마가 나를 막았지만 나는 온 힘을 다해 뿌리쳤다.

"저, 안 가요, 할머니랑 같이 있을 거예요. 할머니가 있어야 해요."

필사적으로 외쳤지만 버스는 멈출 생각이 없었고, 결국 외할머니는 내 시야에서 사라졌다. 오랜 시간이 흐르고 엄마가 잠든 나를 꿈에서 깨웠을 때, 나는 한 번도 본 적 없는 장소에 도착해 있었다. 마음 한구석에서 두려움이 차올랐다. 엄마와 아빠하고 함께 집에 들어서자 남동생과 친할머니로 보이는 여자 한 분이 더 있었다. 그들은 내가 상상해왔던 것처럼 친절하지는 않았다. 엄마 역시 이전과는 다른 태도로 나에게 옷을 빨고 집안일을 하라고 시켰다. 그날 나는 내가 맡은 집안일을 다 했다고 생각했지만, 시작일 뿐이었다. 나는 남동생을 돌봐야 했고, 잘 돌보지 못하면 엄마에게 매를 맞았다. 그러고는 또 집안일을 해야 했다. 내가 뭘 잘못했는지도 모른 채 두려움에 떨어야 했다.

어느 날 힘겹게 집안일을 마친 후 방 안에 앉아 있었는데, 한 줄기 빛이 방으로 들어와 아주 눈부시게 빛났다. 나는 그 빛에서 외할머니를 떠올렸다. 외할머니는 바로 이런 식으로 나를 아끼고 보살폈다. 내 생명의 한 줄기 빛인 외할머니를 언제쯤 다시 볼 수 있을까.

수레를 끄는 할아버지

지난주 월요일에는 6시 30분쯤 이른 저녁을 먹었어. 잠시 쉬고 나서 쓰레기를 버리러 나갔는데, 하늘이 너무 예뻤어. 그래서 쓰레기를 버리자마자 산책을 했어. 천천히 걷고 있었는데, 멀리 앞에 한 할아버지가 보였어. 75살 정도로 보였고, 흰 머리카락에 허리가 구부정했어. 할아버지는 손수레를 끌고 있었는데, 손수레 위에는 쓰레기가 가득했어. 정말 힘들어 보였지.

나는 도와드려야겠다고 생각했어. 그런데 그때, 바로 옆에 있던 한 사람이 할아버지에게 곧장 다가갔어. 나도 도와드리고 싶다는 생각은 했지만, 왜 내가 이런 일을 해야 하나 망설이고 있었거든. 다른 사람들은 아무도 신경 쓰지 않는데 말이야. 할아버지가 얼마나 안쓰러운지 생각하니 마음이 복잡했어. 그런데 내가 고민하고 있는 사이, 한 여자가 할아버지를 돕기 시작했어.

그녀는 할아버지의 작은 손수레를 열심히 밀고 있었어. 누구의 시선도 의식하지 않고 진심으로 할아버지를 돕고 있었지. 할아버지의 짐은 아마 한결 가벼워졌을 것인데, 할아버지는 아무런 말도 없었어. 나 외에는 아무도 그녀가 한 일을 눈치채지 못한 것 같앗지. 그쪽을 보고 있다가 눈이 마주쳤는데, 그녀는 아무 말 없이 미소만 지을 뿐이었어. 왠지 모르게 가슴속에 따뜻함이 퍼지는 듯했어. 두 사람은 천천히 내 시야 밖으로 사라졌지만, 내 마음은 오랫동안 복잡한 감정으로 가득 찼어. 감동과 죄책감이 뒤섞인 미묘한 기분이었어.

내향적인 것은 결점이 아닌 축복이다

누군가는 성격을 좋고 나쁨으로 구분할 수도 있다. 현대 사회에서 사람들은 통상적으로 외향적인 성격을 월등하게 여기며 내향적인 사람들에게 '왜 이렇게 말이 없고 어울리지 못하냐'라는 낙인을 찍기도 한다. 하지만 나는 내향적인 사람은 어울리지 못하는 사람이 결코 아니라고 생각한다. 그런 사람들은 단지 자신과 맞지 않는 무리에 억지로 끼지 않으려는 것일 뿐, 본래 성격에는 좋고 나쁨이 없다. 내향적 성격이 존재한다는 것은 필시 그 이유가 있는 것이다. 원래 세상에 존재하는 것은 모두 이유가 있기 때문이다.

알베르트 아인슈타인은 다음과 같이 말한 적이 있다. "모든 사람은 각자의 재능을 가지고 태어난다. 만약 나무를 잘 타는 능력으로 물고기를 평가한다면, 그 물고기는 평생 자신이 열등하다고 생각할 것이다." 이처럼 우리는 특정 성격만이 쉽게 해낼 수 있는 일들을 기준으로 내향적인 성격을 평가해서는 안 된다. 왜냐하면 전혀 합리적이지 않기 때문이다. 예를 들어, 나는 전형적인 내향인인데, 타인과 대화를 두 마디만 나눠도 왠지 모르게 긴장이 되고, 낯선 사람과 함께 있을 때면 정말이지 어떻게 그 사람의 말에 반응해야 할지도 모르겠다. 그래서 사람들은 종종 나를 차가운 사람, 혹은 다른 이와 소통하기를 싫어하는 사람으로 오해하곤 한다.

물론 나는 실제로 사교 활동을 즐기지 않는다. 사람들과의 만남은 피할 수 있는 한 피하고, 주말에도 집에 가만히 있는 것을 가장 좋아한다. 친구들이 적극적으로 초대해도 가능하다면 거절하려 한다. 이런 상황에서 누군가는 나에게 이럴 수도 있다. "이건 회피형 성격이 아니냐, 사람들과 마주할 용기가 없으니 나서서 교류를 끊어버린 것이 아니냐." 사실 나 자신도 스스로에 대한 의심이 들고, 심지어는 이런 내 성격을 혐오했던 적이 있다. 다른 누군가가 어떤 사람과도 살갑게 대화를 나누거나, 차분하게 자신의 의견을 표명하거나, 어떤 환경에서도 스스로의 빛을 발하는 모습을 볼 때마다 끝도 없이 시기심이 들었다. 그래서 나 역시 그런 외향적 사람이 되고자 노력했던 때가 있다. 주도적으로 나서서 사람들과 교류했고, 친목 활동에도 참석했다. 하지만 이런 노력을 하면 할수록 피로감만 못 견딜 수준으로 커졌다. 한 모임에 참가해 다른 누군가를 모방하며 열정적으로 친목하고 나면 금세 기진맥진해져 있었다. 실질적으로 얻는 것도 없이 내 안에 있는 모든 에너지를 낭비해 버린 느낌이었다. 오히려 혼자 집으로 돌아가는 길에 비로소 무거운 짐을 내려놓은 것처럼 스스로가 해방되는 느낌이었다.

그래서 그때 나는 생각했다. 왜 내가 고작 남들 눈에 들고자 다른 누군가가 되려고 애썼을까? 그게 다 무슨 의미가 있었을까? 다른 사람의 장점과 자신의 장점을 맞대어 비교하며 스스로를 깎아내려서는 안 됐다. 사람은 장점이 있으면 단점도 있기 마련이고, 뛰어난 점이 있으면 서투른 점도 있는 것이다. 나의 내향적인 성격이 나에게 평온함과 편안함을 가져다줬다면, 반대로 안 좋은 점도 당연히 있을 수밖에 없는 것이다. 그렇다면 그것을 있는 그대로 받아들이지 못할 이유는 무엇인가. 이게 바로 내 성격인데 말이다. 성격이 바뀔 수는 있으나, 그런 변화 또한 나 자신의 더 나은 삶을 위해서이지 다른 사람을 위한 것이면 안 된다.

"군자는 내성적일 수 있으나 나약해서는 안 된다. 불의가 있다면 나서서 이것을 논해야 한다." 이 말의 뜻은 곧 우리 모두가 다른 사람을 따라갈 필요는 없지만, 자신의 권리 혹은 중요한 역할에 관련된 일이라면 당당히 나서야 한다는 것이다. 그렇다고 외향적으로 바뀔 필요는 없다. 내향적이어도 괜찮다. 다만 뭔가를 쟁취해야 할 때만큼은 반드시 용기를 내야 한다. 우리에게는 내향적 성격을 택할 이유가 충분히 있다. 하지만 꼭 기억해야 하는 것은 내향적인 것이 곧 나약한 것은 아니며, 문제에 직면했을 때 용기 내어 자신을 드러내고 혼자서도 맡은 바를 잘 해내야 한다는 것이다. 우리가 비록 외향적인 사람들처럼 눈부신 빛은 못 될지

몰라도 작은 별이 되어 약한 빛으로나마 다른 사람을 비출 수 있다. 우리는 이 시대에 충분한 발언권을 가지고 있다. 그러니 두려워하지 말고, 겁먹지 말고, 나 자신으로 살아도 좋다. 우리가 굳건히 스스로의 성격을 지켜냈다면, 그다음부터는 우리를 향한 어떤 안 좋은 편견이나 발언에 일일이 반응할 필요도 없는 것이다.

우리는 우리 내면의 단단한 내핵을 공고히 다져야 한다. 자기 자신의 삶에 대해 제대로 이해한다면 있는 그대로의 모습으로 살수 있다. 그 속에서 마주치는 좋고 나쁜 것은 모두 우리의 손에 달린 것이다. 그러니 내향적이라고 해서 절대 열등감을 느낄 필요가 없다. 어쩌면 성격 탓에 다른 사람들에게 지적받거나 심지어는 괴롭힘을 당할 수도 있다. 그럴 때면 내향적인 것이 잘못된 것이 아니고 세상에 존재하는 이상 잘못된 것은 없다고 맞서면 된다. 그런 사람들에게 당신은 내게 손가락질할 자격이 없고, 나의 삶은 영원히 나의 손에 달려 있다고 말해 주면 된다.

조금은 대담하게, 귀를 막고 앞으로 나아가라. 중간에 뒤돌아보지도 마라. 내향적인 것은 결코 족쇄가 아니며, 자유로운 삶을 살 권리를 주는 것이다. 우리는 스스로 좋아하는 것을 용기 있게 좇으며, 불필요한 사교 활동을 피하고, 나다운 체계를 만들어 나가면 된다.

내향적인 성격을 가진 모두에게 이 말을 전해 주고 싶다. 내향적인 성격은 결코 결점이 아니며, 오히려 하늘이 우리에게 준 특별한 재능이라고 말이다. 그러니 우리는 그 능력을 소중히 여기고 그것의 의미를 잘 가꾸어 나가야 한다.

바다같이 너그러운 마음 —《레미제라블》독후감

《레미제라블》은 주인공 장발장이 죄수에서 점차 훌륭한 시민으로 변모하는 과정을 중심으로, 당시 프랑스 사회, 역사, 그리고 지배 체제와 같은 시대적 배경의 문제를 반영하고 있습니다. 장발장은 처음에는 탈옥 시도와 끈질긴 반항으로 세상에 적대적인 태도를 보이며 자신을 마비시키기 시작합니다. 하지만 신부의 진심 어린 대우와 작은 소년과의 교류를 통해 세상에 대한 마음을 서서히 열고, 잃어버린 선량함과 따뜻함을 되찾습니다. 그는 사람들에게 존경받는 시장이 되었고, 이후 코제트를 구하고 반란 활동에 참여하며 모험을 감행했습니다. 비록 비틀거리는 걸음으로 고생했지만, 그는 여전히 조국의 안정과 평화를 위해 노력하며, 과거 자신을 집요하게 쫓아다니던 자베르를 용서했습니다.

　장발장의 변화 과정을 통해 저는 인간의 아름다움과 따뜻함을 분명히 느낄 수 있었습니다. 동시에 사람들 사이에 존재하는 편견도 강렬히 느꼈습니다. 편견은 정말로 넘기 힘든 벽과도 같았습니다. 장발장은 평생 편견에서 벗어나려고 노력했지만, 결국 편견 때문에 삶을 마감하게 되었습니다. 만약 자베르가 장발장의 죄수

신분에 대한 편견을 내려놓았다면, 장발장은 떠돌이 생활을 하지 않았을 것입니다. 또한 마리우스가 편견을 버리고 코제트를 사랑하는 마음으로 장발장을 받아들였다면, 장발장은 마지막에 세상을 떠나지 않았을 것입니다.

장발장의 삶에서 저는 원수를 선으로 갚는 고귀한 품성을 발견할 수 있었습니다. 그는 자신에게 상처를 준 사람들조차 언제나 선량하게 진심으로 대했으며, 복수라는 생각은 결코 하지 않았습니다. 사람들에게 상처받은 만큼 되갚으려는 대신 자신의 선량함으로 그들을 감쌌습니다.

현실에서 우리는 장발장의 정신을 본받을 수 있습니다. 장발장은 주변의 모든 사람을 진심으로 사랑했습니다. 또한 코제트가 자신의 친자가 아닌데도 최선을 다해 그녀를 보호했습니다. 뒤에서 죽음을 무릅쓰고 마리우스를 구해 준 장발장의 큰 사랑은 본받을 만했습니다.

그러나 모든 사람이 장발장이 될 필요는 없습니다. 또 반드시 그렇게 되어야 하는 것도 아닙니다. 우리는 자신을 위해 살 줄 알아야 합니다. 마지막에 장발장은 코제트를 볼 수 없기 때문에 서서히 세상의 모든 것에 실망하고 죽음에 이르게 됩니다. 비록 코제트가 장발장의 정신적 지주이고, 그녀가 그의 삶의 전부였기는 알지만, 만약 장발장이 삶의 중심을 자신에게 두었더라면 비참하게 세상을 떠나지는 않았을 것입니다. 만약에 제가 장발장이었다면 마지막에 마리우스를 용서하지 않았을 것입니다. 코제트는 장발장이 정성껏 키운 꽃과도 같은 존재이고, 마리우스는 그저 그 꽃을 꺾은 사람일 뿐입니다. 그래서 저는 장발장이 되지 않을 것입니다.

장발장은 언제나 다른 사람의 입장에서 생각하며, 코제트의 행복을 위해 모든 것을 희생하려고 했습니다. 그는 자신의 고통을 참으며 사랑하는 이를 떠나보냈습니다. 어쩌면 이것이 바로 이 책이 전달하고자 하는 바일지도 모릅니다. 우리에게 장발장 같은 사람이 존재함을 알려 주고, 우리가 세상을 어떻게 대해야 하는지, 또 자신이 옳지 않다고 여기는 것에 어떻게 맞서야 하는지를 가르쳐 주는 것입니다. 저는 장발장이 남들을 생각하는 정신은 본받을 만하다고 생각하지만, 한편으로는 삶의 중심을 자신에게 두고 자기 자신을 위해 살 줄도 알아야 한다고 생각합니다.

이별 후에는 끝없는 그리움이

— 2017년의 어느 날

그날, 가방을 싸 메고 등교하려던 순간, 엄마가 내게 말했다. 동생과 함께 한국에 가기로 했다고. 가슴이 덜컹 내려앉았다. 아무런 말도 나오지 않아 가만히 서서 고개만 끄덕였다. 엄마의 눈시울이 붉어졌던 것 같지만, 결국 여느 때처럼 난 등굣길에 올랐다. 사실 시기의 문제일 뿐, 언젠가는 일어날 일이라는 걸 알고 있었기에 마음의 준비도 분명 단단히 해놓았다고 생각했다. 그날로부터 며칠 전 엄마가 아빠에게 한국에 가겠다고 말을 꺼냈을 때 아빠의 거센 반대로 큰 싸움이 나 집안 분위기가 살얼음판이 됐었다. 그날 아빠가 그토록 강하게 반발하는 모습을 보고 엄마는 결국 이 일을 아빠 몰래 진행하기로 결심하셨다. 그리고 그나마 의지할 수 있는 내게만 이를 귀띔해 주셨던 거다. 그래서 그날 엄마에게 그 이야기를 들었을 때도, 심하게 놀라지는 않았다. 하지만 버스를 타고 집에서 멀어질수록 시야가 점점 흐릿해지더니, 나도 모르게 눈물이 볼을 타고 흘러내렸다. 찬바람과 눈물이 한데 섞여 얼굴을 흠뻑 적실 만큼 감정을 주체하지 못했다. 그렇게 정신없이 학교에 도착했고, 눈물을 닦아낸 후 학교로 발을 내디뎠다. 그날 하루는 어떻게 보냈는지도 모르겠다. 그저 엄마가 혹시 나를 보러 오지 않을까 하는 기대만 했지만, 기다리던 얼굴은 끝내 보이지 않았다. 야간 자율 학습이 끝나고, 평소처럼 사람들 사이를 헤쳐 집으로 향하는 익숙한 골목길에 들어섰다. 평소엔 그 길목에 서 있던 그림자가 오늘은 보이지 않아 마음이 아팠다.

집에 와보니 이모들이 모여 있었는데, 보아하니 엄마가 떠났다는 소식을 모두 알고 오신 것 같았다. 날 보는 눈에서 모종의 연민과 의문이 섞인 듯한 감정이 느껴졌다. 난 고개를 푹 숙이고 걸어갔다. "괜찮아, 나중에 우리 집에 밥 먹으러 와." 난 이모들이 해주는 말을 들으며 말없이 고개만 끄덕였고, 얼마 안 지나 그들이 모두 떠난 집에 아빠와 나 둘만이 남았다. 식탁에 앉아 엄마가 떠나기 전 하고 가신 물만두를, 그리고 아빠 얼굴에 드리워진 그림자를 바라봤다. 순간 주체 안 되게 눈물이 차올랐다. '이젠 정말 엄마가 내 곁에 없구나' 하는 생각이 들었다. 그날 밤 이불 속에 몸을 감추고 지금껏 억눌러 왔던 감정을 터트렸다. 흘러내린 눈물이 베개를 흥건히 적셨고, 그렇게 축축해진 베개를 베고 잠이 들었다.

— 2018년 4월 10일

그날 전화 한 통이 왔다. 받아 보니 다름 아닌 엄마의 목소리였고,

이별 후에는 끝없는 그리움이

이미 한국에서 자리를 잡는 데 성공했다는 소식이었다. 6개월 만에 처음으로 듣는 목소리에 온몸에 전율이 흐르는 듯했다. 말로 설명하기 힘든 비현실감이었다. "잘 지내고 있지? 엄만 계속 네 생각했어, 우린 이제 한국에서 자리 잘 잡았으니까, 너무 걱정하지 마." 그 순간, 지금까지 메고 있던 무거운 짐을 벗어 던진 듯했다. 그동안 6개월을 어떻게 버텼는지 모르겠다. 탈북자 신분의 엄마가 남한으로 가는 데는 위험 부담이 있을 수밖에 없었고, 난 그 생각에 매일같이 엄마에게서 소식이 오기를 애타게 기다렸는데, 그날 드디어 그토록 기다렸던 소식을 듣게 된 거다. "저도 잘 지내고 있어요." 나도 모르게 대답이 툭 튀어나왔다. 마음은 풀렸지만, 눈물은 나오지 않았다. 마음속에 기쁨이 한가득 차서 울 틈이 없었다.

― 2019년 10월

"응, 나 이제 공항에 도착했어. 8시 정도면 집에 도착할 것 같아." 엄마가 중국으로 돌아오셨다. 그날은 1년 만에 엄마를 만나는 날이었다. 집을 깔끔히 청소하고 엄마를 기다리는데, 몸을 가만둘 수가 없어 이리저리 왔다 갔다 했다. 기쁘면서도 왠지 모를 긴장감에 조마조마한 심정으로 엄마를 기다리는데, 곧 불빛과 함께 익숙한 얼굴이 보였다. 엄마를 껴안으며 눈물이 왈칵 쏟아졌다. 엄마와 난 서로를 껴안은 채 한참 울었다.

— 2020년 6월 20일

2019년 말, 코로나가 터졌고, 5개월 동안 꼼짝없이 집 안에 갇혀 살았다. 쉽게 사라지지 않는 바이러스를 보며 엄마를 당분간 또 못 보겠다는 생각이 들었다. 시간이 흘러서인지, 아니면 내가 철이 들어서인지는 모르겠지만, 그맘때쯤 엄마에 대한 그리움이 예전만큼 크지 않다는 걸 느꼈다. 내가 자라서 그런 거라고 생각하고 있었는데, 어느 날 친구의 어머니께서 위험을 무릅쓰고 친구를 보기 위해 학교로 왔다는 얘기를 듣고 문득 엄마 생각이 났다. 비 오던 어느 날 엄마가 나를 데리러 오던 때였다. 우리가 타고 가던 전동 삼륜차가 고장이 나 도저히 움직이지 않자, 엄마는 차에서 내려 혼자 차를 밀기 시작했다. 내가 도와주려 하자 오히려 내게 화를 내며 올라가 있으라고 했다. 한참을 걸어 겨우 집에 도착할 때가 되어서야 불빛 아래 머리부터 발끝까지 비에 홀딱 젖어버린 엄마를 보였다. 나는 아무 말도 할 수 없었다. 엄마는 그냥 웃으며 얼른 가서 자라고 했다. 그때 나는 마음속으로 다짐했다. 꼭 성공해서 엄마한테 보답하겠다고. 그리움에 잠 못 이루던 밤들에는 사진을 보며 마음을 달래곤 했었다. 이제야 깨달았다. 난 한 번도 엄마를 덜 그리워한 적이 없었다. 그저 감정을 숨기는 법을 배운 것이었다. 시간이 지나도 엄마에 대한 그리움은 여전했지만, 굳이 남에게 내색하지 않았을 뿐이었다.

지금의 나는 엄마 옆에 있다. 며칠 전에는 엄마, 여동생과 같이 배드민턴을 쳤다. 여동생과 함께 어머니 생신도 축하해드렸다. 여동생은 어머니께 수작업으로 꽃을 만들어 드렸고, 나는 어머니께 케이크를 사 드렸다. 소원을 비는 시간에 가르마 사이에 있는 어머니의 흰 머리카락 몇 가닥이 눈에 띄었다. 어머니께서 흰머리가 날 나이가 되셨다는 것을 깨달았다. 시간이 어느새 이렇게 흘렀다. 엄마의 생일 소원은 모두 나와 여동생을 위한 것이었다. 나도 마찬가지였다. 나는 단지 엄마와 이렇게 남은 삶을 살고 싶다는 생각을 했다. 꿈속에서 셀 수도 없이 그리던 장면이 내 눈앞에 있었다. 그들을 바라보며 마음이 한없이 따뜻해지는 걸 느꼈다. 다른 어떤 누구도 느끼게 해줄 수 없는 감정이었다. 난 이제 더는 남을 부러워할 필요가 없다. 가장 소중한 사람들이 지금 내 곁에 있기 때문이다. 지금 이 순간 눈앞에 있는 모든 것이 소중하고, 가슴속에 있던 끝없던 그리움도 더 이상 없다.

3 케이크

부드럽고 달콤한 마음

중국 랴오닝성에서 태어난 '케이크'는 올해 2월, 새로운 시작을 위해 한국으로 건너왔다. 그녀가 선택한 필명 케이크는 가장 좋아하는 디저트에서 따온 이름이다. 케이크처럼 부드럽고 달콤한 마음을 지닌 그녀는 세상을 향한 긍정적 시선을 잃지 않으며, 유쾌하면서도 깊이 있는 삶을 살아가고자 한다.

반석학교에서 한국어를 배우는 케이크는 글쓰기 능력을 키우고 싶어 북소리팀 프로그램에 합류했다. 전쟁으로 고통받는 이들을 떠올리며 세계 평화에 대한 바람을 담아 글을 쓰는 케이크의 진심은 독자들에게 따뜻한 위로와 깊은 공감을 전한다. 케이크가 글을 통해 이루고자 하는 것은 단순한 표현이 아니라 세상에 작은 변화를 일으키고자 하는 다짐이다.

'인생은 죽음 이외에는 다 사소한 것이다'라는 삶의 철학을 바탕으로 큰 걱정에 매몰되지 않고 자신의 길을 담대하게 걸어가고자 한다. 그렇지만 현실의 고민에서 멀어질 수는 없다. 신분적 제약 때문에 중국을 자유롭게 오갈 수 없는 현실과 효율적으로 공부하며 성과를 내야 한다는 압박감 속에서도 끝없이 자기 자신과 대화하며 성장을 모색하고 있다.

사랑하는 부모님께

사랑하는 부모님께.

안녕하세요!

제가 한국에 온 지도 벌써 9개월이 되었습니다. 저는 잘 지내고 있으니 걱정하지 마세요. 이번 주 월요일에는 학교에서 제주도로 여행을 다녀왔어요. 비가 조금 내리는 날씨였지만, 우리는 야외에서 즐겁게 카트 레이싱을 했습니다. 친구들이 제가 그날 가장 빠른 속도를 냈다고 칭찬해 줬어요. 그리고 산에서 오프로드 바이크도 탔는데, 정말 재미있었습니다. 이 경험을 통해 부모님께도 말씀드리고 싶었어요. 저도 이런 일을 잘 해낼 수 있다는 것을요. 부모님께서 저를 항상 엄격하게 관리해 주셨기 때문에 새로운 것들을 접해 볼 기회가 없었습니다. 그래서 저는 늘 제가 새로운 것들을 잘 못할 거라고 생각하고 겁부터 먹곤 했어요. 하지만 이번 제주도 여행 이후, 저는 새로운 도전과 활동들을 좋아한다는 것을 알게 되었고, 제가 부모님이 생각하시는 것처럼 약하지 않다는 것을 말씀드리고 싶었습니다.

이전에 저는 다른 지역에 가서 친구와 놀아 본 적이 없었어요. 노래방에 가고 염색하는 아이들은 전부 나쁜 아이들이라고 생각했죠. 하지만 한국에 온 이후에는 꼭 그렇지 않다는 것을 알게 되었어요. 혼자서 지하철을 타고 나가 놀아 보기 시작했어요. 견문이 정말 넓어졌지요. 한국의 친구들과 몇 번 노래방에도 갔습니다. 하지만 그것들이 저를 나쁘게 만들지는 않았어요. 친구들은 제가 노래를 잘 부르지 못해도 전혀 개의치 않고 오히려 더 자신감을 가지라고 응원해 줬어요. 부모님께서는 전통적인 가치와 어울리지 않는 습관을 가진 사람이면 모두 나쁜 친구라고 생각하시는 것 같지만, 저는 그렇게 생각하지 않아요. 지금 저를 더 자신감 있고 행복하게 만들어 준 것도 이 친구들이에요. 제 생각에 우리는 봉건적인 사상에서 벗어나, 아이들의 시야를 넓혀 주고 생각의 구조를 펼쳐야 해요. 어머니 아버지, 인생은 넓디넓은 평원과 같아요.

어느새 날이 추워졌네요. 부디 몸조심하세요.

건강하고 만사형통하시길 바라며.

서울에서

○○○ 올림

2024년 10월 10일

스스로를 수천 번 구하다

나는 타인이 나를 어떻게 생각하는지에 대해 항상 신경을 써왔기에, 지난 몇 년 동안 내 잘못이 뭔지를 생각하고 끊임없이 반성하며 살았다. 마치 다른 사람들이 내 몸의 주인인 것처럼 느껴질 정도였다. 아주 어렸을 때는 누가 뭐라고 하건 '너는 너대로 말해라, 나는 나대로 살겠다'라고 생각해 왔다. 그런데 좀 크고 나서는 오히려 다른 사람의 말에 더욱 신경 쓰게 되었다.

중학교 2학년 때, 사람들은 내가 고의로 이상한 걸음걸이를 해서 남을 유혹한다고 욕했다. 어릴 때 어머니가 곁에 없으셔서 나는 할머니를 따라다녔고, 할머니께서는 허리를 다치셔서 걷는 자세가 다른 사람들과는 달랐다. 자연스레 어린 나는 그 자세를 따라 배우게 된 것이었다. 그러나 그들은 나를 이해하려고 하지 않았고, 내 이야기를 들어 보려고도 하지 않았다. 단순히 눈에 거슬리고 내가 만만해 보이니까 계속 괴롭힌 것이다.

나는 이 문제로 오랫동안 괴로워했다. 그 시기 동안 나는 스스로를 비하하며, 옷을 고를 때도 몸매를 드러내지 않는 것을 우선으로 삼았다. 그러나 내가 이렇게 변화를 시도해도 그들은 멈추지 않았다. 한 번은 밖에서 놀다가 그들을 우연히 만났다. 그들은 말했다.

"아직도 일부러 그런 식으로 걷는 게 아니라고 하려나."

그때 깨달았다. 나는 계속해서 물러서기만 했고, 그들은 자신의 잘못을 인식조차 못 한 채 나에게 점점 더 심하게 굴 것이라는 사실을 말이다.

그 순간 나는 정신이 번쩍 들었다. 이후 친구에게 너답게 살라는 이야기를 듣고 나서 인터넷에서 나에게 어울리는 스타일을 열심히 찾아보기 시작했다. 커다랗고 헐렁한 옷을 버리고 나의 장점을 부각할 만한 옷을 입었다. 그러자 심지어 어떤 사람은 몸매가 예쁘다며 옷을 잘 입는다고 칭찬해 주기도 했다.

나는 외부의 소리에 계속 신경을 쓰다 보니, 사회관계망 서비스(SNS)에 글을 올리는 것도 단순히 내 삶을 공유하기 위한 것이 아니라 다른 사람들에게 나를 증명하고 싶어서 올리는 것이 되었다.

그래서 나는 기회가 있을 때마다 놀러 간 사진이나 이야기를 에스엔에스에 올렸다. 그래서 한국으로 오는 비행기에 오르는 순간, 지체할 새 없이 그 사실을 에스엔에스에 업로드했다. 그러자 나를 싫어하던 사람들조차 나에게 관심을 보이고 연락을 해왔다. 하지만 이번에는 그들을 무시하고 내 마음에 충실하기로 했다. 그들의 친구 신청을 받아들이지 않았고, 다시는 그들이 나를 상처 줄 기회가 없도록 했다.

한국에 온 첫 학기, 내 성적에 대해 선생님은 그다지 만족하지 않으셨고, 가장 많이 성적에 관한 지적을 받은 사람이 아마 나였을 것이다. 나는 놀기를 좋아해서 내 주변 친구들도 나에게 공부를 열심히 해서 자신을 발전시키라고 조언했다. "너도 발전하면 너만큼 훌륭하고 인품 좋은 사람을 만날 수 있을 거야." 그런 말을 주의 깊게 듣기는 했지만, 나는 아무런 변화를 이루지 못했다.

두 번째 학기에 나는 말만이 아니라 행동으로 증명하고 싶었다. 그리고 나는 해냈다. 열심히 노력해서 성적을 많이 올림으로써 나 자신을 증명해 냈다. 그 결과 모든 것이 놀랍도록 순조롭게 흘러갔다. 이 경험을 통해 나는 깨달았다. 내가 더 나아지면, 내 앞길도 순탄해질 것이라는 사실을.

'남을 기쁘게 하려면 먼저 자신을 기쁘게 해야 한다.'

'스스로를 만족시키지 못한다면 어떻게 스스로를 구할 수 있겠는가.'

나는 위의 말들처럼 스스로를 만족시킴으로써 스스로를 수천 번 구하며, 굳건한 풀처럼 흔들리지 않고 살아가고 있다.

연애를 긍정적으로 바라보다

많은 가정에서 부모님은 자녀가 연애하는 것을 반대하곤 합니다. 부모들이 자녀에게 전하는 교육적 신념은 연애가 학업에 방해된다는 것이며, 대학에 합격하고 나서 연애하라는 말로 마무리됩니다. 일부 보수적인 사고방식을 가진 부모님들은 여학생이 남학생과 손만 잡아도 신화 속 이야기처럼 임신한다고 이야기하기도 합니다.

저에게도 비슷한 기억이 하나 있습니다. 중학교 때 제가 아주 좋아했던 한 남자아이가 있었는데, 함께 놀다 보면 항상 집에 늦게 들어가고는 했습니다. 가족들은 그런 저를 이해하지 못했고, 특히 할머니와의 대화가 인상 깊었습니다.

"그저 남자 친구랑 조금 더 함께 있고 싶을 뿐이에요. 임신할 일은 없잖아요. 할머니랑 할아버지도 매일 같이 있어도 임신하지 않으셨잖아요."

제가 이렇게 말하자 할머니는 이렇게 대답하셨습니다.

"그럼 네가 생각하기에 네 삼촌과 아버지는 어떻게 태어났니?"

이 대답에 저는 말문이 막혔고, 당시에는 '정말 이렇게까지 보수적인 사고방식을 가진 건가'라는 생각이 들었습니다. 저는 가족들이 좀더 포용적이고 사랑에 대해 열린 마음을 가졌으면 했습니다. 물론 이런 마음은 그 나이대의 제가 가진 조금 미성숙한 생각일 수도 있었죠.

하지만 저는 당시의 남자 친구를 정말 좋아했습니다. 매일 그의 전화를 기다렸고, 주말마다 그를 만나는 시간이 기대됐습니다. 무슨 일이 생기면 그는 제 편에 서서 저를 먼저 생각해 주었습니다. 이러한 정서적 지원은 가족이나 친구들도 항상 해줄 수 없는 것이었습니다. 그래서 저는 가족들을 설득해 그를 받아들이게 하고 싶었습니다.

그를 만나기 전까지의 저는 삶에 큰 열정을 느끼지 못했지만, 그를 만나고 나서는 그를 본받고 싶어졌고, 그와 같은 고등학교에 가고 싶어졌으며, 삶과 학업에 더 열심히 노력하고 싶어졌습니다.

저는 우리가 특별한 경우가 아니라고 생각합니다. 모든 사랑은 이런 게 아닐까 싶습니다. 좋은 연인은 마치 당신에게 길을 밝혀 주는 등대와 같습니다. 정말 당신을 좋아하는 사람이라면, 먼저 스스로를 사랑하는 법을 가르쳐 줄 것입니다. 그리고 당신을 더 나은 방향으로 이끌어 줄 것입니다. 부모님들이 우려하듯이 부정적인 영향을 주는 것이 아니라, 오히려 삶을 더 풍요롭게 만들 수도 있습니다. 물론 부모님들께서는 '그럼 실연하면 학업에 방해되지 않겠느냐?'고 생각하실 수도 있습니다. 하지만 모든 경우를 하나로 일반화할 수는 없습니다. 부모님들이 올바른 사고방식을 전달해 주신다면 실연을 한다고 해도 연애는 큰 문제가 되지 않을 것입니다.

예를 들어 제가 중학교 1학년 때 한 친구는 원래 성적이 저와 비슷하게 중하위권이었지만, 헤어진 후 더 나은 사람을 만나고 싶다는 의지로 열심히 공부해 학년 상위 100위 안에 들었습니다. 이후에도 그는 계속해서 더 좋은 성적을 냈습니다.

저에게 연애는 학업과 삶의 동기 부여 중 하나입니다. 저는 연애를 정말 좋아하는 사람이고, 친구들에게 가장 많이 하는 말이 '연애하고 싶어'일 정도입니다. 친구들은 제 생각을 완전히 부정하지 않고 이렇게 말해 주었습니다.

"너무 서두르지 마. 지금 네가 만나는 사람들은 너와 같은 목적을 가진 사람들일 거야. 하지만 네가 훌륭한 사람으로 성장하면, 네 주변에는 훌륭한 사람들만 남게 될 거야."

이 말이 제 마음속에 깊이 새겨졌습니다.

연애가 삶에 미치는 좋은 영향을 가장 잘 보여 주는 사례가 바로 최근 친구들의 말을 되새기며 공부와 삶에 큰 동기 부여를 받은 제 모습입니다. 제 성적은 눈에 띄게 향상되었고, 선생님들조차 제가 얼마나 열심히 하고 있는지 알아주셨습니다. 친구들은 이렇게 말하곤 했습니다.

"너 갑자기 공부 좋아하는 거 보니까 무슨 동기 부여가 확실히

생긴 것 같아."

　저는 연애가 절대 나쁜 것만은 아니라는 점을 말하고 싶습니다. 보수적인 사고방식을 가진 부모님들도 다양한 시각에서 이 문제를 생각해 보셨으면 합니다. 모든 사람을 똑같은 기준으로 판단하지 않기를 바랍니다.

돈은 행복의 전제 조건인가요?

이 질문에 대해 저는 중립적인 입장을 취합니다. 돈은 행복의 물질적 동반자라고 할 수 있고, 행복은 돈의 정신적 동반자라고 할 수 있습니다.

이 두 가지는 그림자처럼 서로를 따라다니며, 둘 중 하나라도 없으면 안 됩니다.

예를 들어 어떤 가정이 돈만 있고 부모가 당신에게 사랑을 주지 않는다면, 당신의 삶은 불완전하고 공허하며, 심지어 문제가 있을 수도 있습니다. 오늘날 많은 가정에서 아이들은 부모의 이혼 때문에 상처를 받고 부모는 법정에서 양육권을 두고 다투는 이유가 사랑 때문이 아닌 경우도 많습니다. 이 사례들은 돈이라는 조건이 충족되어도 정신적으로는 행복하지 않을 수 있음을 보여 줍니다.

이번에는 반대로, 여러분의 가정이 사랑이 넘치는 가정이라고 가정해 봅시다. 가족 모두가 서로를 진심으로 사랑하지만, 경제적으로 여건이 좋지 않습니다. 어느 날 집에 손님이 찾아와서 환대해야 하는 상황이 생깁니다. 어머니는 집에 남아 있는 모든 재료를 사용해 손님을 대접합니다. 며칠 후 부모님이 받은 월급은 이미 주택 대출과 수도료, 전기세를 갚는 데 다 쓰이고, 생활비를 충당할 잔액이 남아 있지 않게 됩니다. 결국 가족은 다른 사람들에게 돈을 빌릴 수밖에 없고, 이것은 부모님 간의 다툼으로 이어질 수 있습니다. 돈이 없으면 기본적인 의식주 문제조차 해결할 수 없는 것이 현실이기에, 가족 간의 관계가 좋다고 해도 이 가정은 진정한 행복에 도달하기 어려울 것입니다.

따라서 돈과 정신적인 행복은 서로를 지탱하는 관계로, 한쪽이 존재하지 않는다면 다른 한쪽도 온전히 존재할 수 없습니다. 이 두 가지는 모두 필요하며, 어느 하나도 빠질 수 없습니다. 그래서 저는 중립적인 입장을 선택했습니다.

망설임 없이 너를 향해 달려가다

왕수닝은 중학교 2학년 때 가족과 함께 중국에서 러시아로 이민을 가게 되었고, 이중 언어 학교에서 요안을 만났다.

중학교 2학년 때 두 사람은 같은 교실에서 앞뒤 자리에 앉게 되었고, 자주 함께 어울리며 친해졌다.

"야, 내 머리끈 왜 가져가?"

"내 여자 친구 머리 묶어 주려고."

요안은 왕수닝의 얼굴을 바라보며 그녀의 속마음을 꿰뚫어 보려는 듯한 표정을 지었다.

방과 후, 반 여자아이들이 왕수닝을 만만하게 보고 학교 문 앞에서 괴롭혔다. 요안은 친구들과 대화하던 중에 이 장면을 보고 바로 달려가서 그녀들을 왕수닝에게서 떼어 놓았다. 그리고 왕수닝의 얼굴에 난 상처를 보며 말했다.

"수닝, 네가 반격하는 법을 배워야 해. 내가 없을 때 네가 스스로를 지킬 수 있어야 한다고!"

"알겠어, 하지만 학교랑 선생님들이 나한테 잘해주잖아. 괜히 문제를 더 크게 만들고 싶지 않아."

결국 요안이 대신 선생님께 상황을 전달했고, 왕수닝을 괴롭힌 학생들은 퇴학당했다. 요안 또한 너무 충동적으로 행동했다는 이유로 정학 처분을 받을 뻔했지만, 선생님들은 안타깝게 여겨 경고 처분으로 마무리했다.

시간이 흘러 고등학교 3학년 2학기가 되었다. 이 시기는 수험생들에게 가장 바쁘고 힘든 시기였는데, 바로 이때 왕수닝의 부모님이 교통사고를 당했다.

왕수닝은 요안과 점심을 먹고 있었는데, 담임 선생님이 급히 급식실로 와 소식을 전했다.

"여기 조퇴증이 있어. 병원에 빨리 가봐야 해. 너희 아버지가……너희 아버지가……."

선생님 말이 끝나기도 전에 그녀는 이미 밖으로 달려가고 있었다. 요안은 조퇴증을 신청하지도 않은 채 걱정되는 마음에 그녀를 따라갔다.

병원으로 가는 길, 왕수닝은 계속 울었다. 세상이 조용해질 때까지 울었다. 요안은 그녀의 머리카락을 정리해 주며 어깨를 살짝 끌어안고 말했다.

"수닝, 내 말 들어. 너는 침착하고 힘을 내야 해. 선생님 말을 끝까지 듣지 않았잖아. 너희 아버지가 최악의 상황이 아닐 수도 있어. 그리고 무슨 일이 생겼다고 해도 이제 집에 엄마 한 분만 남으셨어. 네가 기운을 잃으면 안 돼. 내가 늘 네 곁에 있어."

그녀는 눈물을 닦고 요안을 바라보며 말했다.

"나한테 이렇게 잘 해줘서 정말 고마워."

두 사람은 며칠 동안 병원에 머물렀고, 셋째 날 의사에게서 왕수닝의 아버지가 안전한 상태로 회복되었다는 소식을 들었다. 이 소식을 듣고 나서야 두 사람은 안심하고 학교로 돌아와 수능 준비에 매진했다. 왕수닝은 말했다.

"아빠가 말씀하시길, 이번 사고 처리 비용을 부대에서 지원받았다고 하셨어. 아빠는 나라에 감사하는 마음으로 앞으로 군대에 입대해 조국에 보답할 생각이래."

이 말을 들으며 요안은 마음속으로 결심했다. 그녀와 같은 학교를 지원하겠다고.

왕수닝은 성적이 항상 좋아서 걱정이 없었다. 점수 발표 날, 두 사람은 함께 결과를 기다렸다. 왕수닝이 떨리는 요안의 손을 꼭 잡았다. 점수가 발표된 순간, 두 사람은 서로를 깊이 껴안았다. 며칠 후, 두 사람은 국방대학교 합격 통지서를 받았다. 왕수닝은 요안의 손을 꼭 잡고 말했다.

"우리가 해냈어!"

두 사람은 기쁨의 눈물을 흘렸다. 사랑하는 사람과 같은 대학에 합격했을 뿐 아니라 조국에 대한 사랑도 가득했다.

대학 첫 겨울, 러시아-우크라이나 전쟁이 시작된 해였다. 두 사람은 손을 잡고 산책하며 이야기를 나누었다. 두껍게 쌓인 눈은 마치 그 안으로 뛰어들 수 있을 것 같았다. 요안은 담배를 피우며 깊은 생각에 잠긴 듯 말했다.

"러시아의 겨울은 항상 춥고, 땅은 단단하고 얼어붙어 있어. 그런데 이런 추운 날씨와 열악한 환경 속에서도 전장에서 싸우는 사람들이 있어. 사랑하는 왕수닝, 난 이해가 안 돼. 우리와 우크라이나는 원래 한 가족 아니었어? 어떻게 이런 상황까지 왔을까?"

깊은 눈으로 그를 바라보며 왕수닝은 말했다.

"언젠가는 러시아의 겨울이 더 이상 이렇게 춥지 않을 거야. 전쟁터로 간 아이들의 어머니가 더는 집에서 무릎 꿇고 기도하지 않아도 되는 날이 올 거야. 나라를 지키는 건 우리의 공통된 사명이라는 걸 알고 있어. 이건 얼마 전에 절에서 너를 위해 받은 평안 부적이야. 네가 늘 안전하기를 바라."

2022년 겨울, 요안은 망설임 없이 전장에 투입되어 조국을 위해 목숨을 바치기로 결심했다.

두 사람은 함께 기차역까지 걸어가며 많은 이야기를 나누었지만, 막상 헤어질 때는 아무 말도 할 수 없었다. 서로의 마음속에서 모든 것이 명확했고, 그 선택에 대해 후회하지 않겠다는 결심도 굳게 자리 잡아 있었다. 단지 서로를 아끼는 마음이 컸을 뿐이었다.

2023년 말, 한 작전 도중 왕수닝의 절친한 친구가 희생되었다. 친구의 옷을 정리하던 중 왕수닝은 한 통의 편지를 발견했다. 러시아어로 쓰인 편지에는 이렇게 적혀 있었다.

"총알이 가슴을 뚫고, 나는 땅에 누워 간신히 숨을 몰아쉰다. 그 순간이 다가오는 것이 두렵다. 사랑하는 이여, 나는 죽음이 두렵지 않다. 내가 두려운 건 고향의 국화와 너의 눈동자를 다시는 볼 수 없게 되는 것이다."

편지를 읽자마자 그녀는 눈물을 참지 못했다. 친구를 잃은 슬픔 때문만이 아니라, 자신 또한 이런 일이 닥칠까 두려웠기 때문이었다.

2024년, 러시아와 우크라이나의 갈등은 점점 깊어졌다. 왕수닝과 요안은 서로의 손을 잡고 민간 결혼등록소에 가서 혼인 신고를 하고, 전우들이 지켜보는 와중에 소박한 결혼식을 올렸다. 사람들이 왜 이런 시기에 결혼을 하느냐고 물으면 왕수닝은 늘 요안의 손을 잡으며 이렇게 말했다.

"왜냐하면 내가 그를 사랑하기 때문이에요."

전쟁의 심각성 때문에 두 사람의 부대는 통합되었다. 하지만 같은 전쟁터에서 다른 장소로 각각 파견되었다.

이번 작전에 나서기 전 왕수닝은 알 수 없는 불안감과 함께 심장이 두근거리고 몸이 불편했다. 한바탕 전면전이 벌어진 후, 왕수닝은 폐허가 된 전쟁터를 걸으며 눈 덮인 땅 위에 남겨진 발자국과 흩어진 옷가지, 전사자들의 시신을 보았다. 슬픔과 동시에 요안의 안부에 대한 걱정이 밀려왔다.

모든 것이 예고된 것처럼 느껴지던 순간, 요안과 같은 부대원인 파벨이 허겁지겁 달려와 그녀를 거의 밀칠 뻔하며 말했다.

"빨리 가서 확인해 봐. 침착해, 우리 모두 여기 있어."

전쟁은 아직 끝나지 않았고, 하늘에서는 전투기가 계속해서 지상을 공격하고 있었다. 왕수닝은 폭탄을 피하며 울퉁불퉁한 길을 걷다가 여러 번 넘어졌다. 마침내 들것 앞에 도착했을 때 그녀는 손이 눈에 띄게 떨렸다. 시트를 들어 올린 순간, 그녀는 시신이 된 요안의 모습을 보았고, 심장이 멎는 것 같은 충격을 받았다. 억누를 수 없는 눈물이 흘러내리는 동시에 그날의 불안감이 모두 설명되었다.

왕수닝은 요안의 옷을 뒤적이다 한 통의 편지를 발견했다.

"사랑하는 이여, 네가 이 편지를 읽을 때면 나는 이미 천국에 있을 거야. 마지막으로 한 모금 보드카를 삼킬 때, 나는 극동의 매서운 바람과 너의 깊고 매혹적인 눈동자를 떠올렸어. 파벨 코차긴과 세리오샤의 고향은 전쟁을 시작했어. 저녁노을 아래 농부의 아들 두 명이 서로의 가슴에 칼을 꽂았고, 대지는 붉게 물들었지. 먼 미래에는 피로 붉어진 땅 위에서 두 정치인이 악수하며 화해하고 상인들은 수레를 가득 채워 본국으로 돌아가겠지만, 어머니는 묘비를 바라보겠지. 나는 우리가 원래 한 민족이었다고 생각해. 어떻게 이렇게 되었을까? 나는 바라고 있어. 러시아와 우크라이나에 더 이상 전쟁이 없기를. 나는 세계 평화를 바라. 수닝, 네가 하늘에서 빛나는 불꽃을 보며 그것이 차가운 무기가 아닌 아름다운 폭죽이라고 느낄 때, 네가 아이들이 고함치는 소리가 구조 요청이 아닌 노래라고 느낄 때, 네가 맡는 공기의 향이 화약 냄새가 아닌 자연의 풀과 나무 냄새라고 느낄 때, 그때 네가 고개를 들어보면, 예전의 친구들이 너를 향해 손을 흔들고 있을 거야……."

편지를 막 다 읽었을 때, 폭탄 한 발이 떨어졌다. 당시 현장에 있던 전우들은 단 한 명도 살아남지 못했다. 요안의 시신이 파편이 튀는 것을 막아주었기에 목숨을 건질 수 있었지만, 왕수닝도 크게 다쳤다. 요안은 마지막 순간까지 그녀를 지켜냈다.

유엔이 경고해 그날 밤 임시 휴전이 선언되었고, 공군 부대가 그녀를 발견해 병원으로 이송했다. 병원에서 지낸 6개월 동안, 그녀는 계속 휴전 소식을 기다렸다. 마침내 휴전 소식이 전해졌지만, 요안이 더 이상 곁에 없다는 사실을 견딜 수 없었다.

그녀는 낡아 빠진 머리끈을 손목에 감고 눈물을 흘리며 말했다.

"지금이 2024년 11월이야. 요안, 거기선 잘 지내? 뉴스 봤어? 그 늙은이가 드디어 협상에 동의했대……."

4 가을

평범한 삶 속에서 찾는 행복

'가을'은 2021년 어머니를 따라 한국으로 이주하며 새로운 삶을 시작했다. 차분한 성격으로, 소소한 일상의 즐거움과 함께 삶의 속도를 천천히 즐기려 한다. 가을은 자기 생각을 솔직히 표현하는 글쓰기를 좋아한다. "말로는 어색할 때도 있지만, 글로는 더 진심을 담을 수 있습니다."라는 말은 글을 매개로 사람들과 소통하고 싶은 바람을 잘 보여 준다.

틱톡이나 쇼츠 같은 짧은 영상을 감상하며 일상의 재미를 찾는다. 드라마 〈무빙〉처럼 흥미로운 이야기를 보면서 활력을 얻고, 논리와 상상을 자극하는 《십종죄(十宗罪)》 같은 추리 소설을 좋아한다. 가족은 삶에서 가장 중요한 존재다. 가끔 귀엽고 가끔은 화나게 하는 남동생이 있는데, 그런 사이에서도 웃음을 찾고 따뜻함을 느낀다.

'평범한 삶 속에서 행복을 찾겠다'는 다짐은 가을처럼 잔잔하지만 단단한 마음을 보여 준다. 따뜻한 가족과 함께 좋아하는 삶을 향해 나아가는 가을의 여정은 가을날 햇살처럼 은은하고 깊은 울림을 준다.

가을을 지나며

나는 가을을 좋아합니다. 맑고 깨끗한 하늘을 좋아하고, 춤추듯 흩날리는 낙엽을 좋아하며, 선선하고 쾌적한 날씨를 좋아합니다. 가을은 여름의 찌는 더위도 없고, 겨울의 혹독한 추위도 없으니 참 좋습니다.

가을은 수확의 계절입니다. 동물에게는 겨울나기를 위한 식량을 준비하라는 신호이고, 식물에게는 생명의 끝을 알리는 시기입니다. 시골 마을의 아이들에게 가을은 부모님의 농사일을 돕는 시간이기도 합니다. 옥수수를 따고 밤을 줍는 일은 이맘때 흔한 풍경입니다. 어렸을 때 아버지를 따라 옥수수를 따던 기억이 납니다. 그때는 힘들지만 즐거웠습니다. 힘들면 한쪽에 앉아 쉬면서 간식을 먹고, 산에서 멀리 펼쳐진 풍경을 바라보곤 했습니다. 하지만 부모님은 쉴 틈이 없었습니다. 농사를 서둘러 끝내야 좋은 가격에 팔 수 있었으니까요.

땅에는 잘 익어서 떨어진 밤이 많았습니다. 생밤은 단맛이 나서 그냥 먹어도 맛있습니다. 가시 돋친 껍질 때문에 주울 때는 반드시 장갑을 껴야 했습니다. 다 모은 밤은 팔아 돈을 벌었습니다.

고구마도 가을을 대표하는 수확물 중 하나입니다. 고구마는 땅속에서 자라기 때문에 흙을 파헤쳐 캐내야 합니다. 고구마는 정말 맛있습니다. 구워 먹어도 좋고, 찌거나 말려서 고구마말랭이를 만들어 간식으로 먹으면 계속 손이 갑니다.

가을은 또한 시적인 계절이기도 합니다. 낙엽이 깔린 길을 걸으면 발밑에서 '사사' 소리가 납니다. 마치 자연이 연주하는 아름다운 교향곡 같습니다. 가을은 사람을 그리움에 잠기게 하는 계절이기도 합니다. 이 계절에 우리는 먼 곳에 있는 가족을 그리워하고, 과거의 아름다운 시절을 떠올립니다. 흩날리는 나뭇잎을 보며 세월의 흐름에 감탄하고, 현재의 소중함을 느낍니다.

가을은 찬란함과 애틋함, 노력과 열정의 이야기를 품은 계절입니다.

다시 찾은 삶

아침 7시, 나는 숨 가쁘게 일어났습니다. 이마에는 식은땀이 맺혀 있었죠.

평소처럼 머리맡에 있던 휴대폰을 들어 날짜를 확인했는데, 그 순간 깜짝 놀랐습니다. 내가 좀비 사태가 터지기 전으로 돌아온 걸까요? 창가로 걸어가 보니, 아래에서는 여느 때와 다름없이 아저씨, 아주머니들이 산책을 하고 있었습니다. 그러나 저는 지난 삶에서 좀비에게 물렸을 때의 고통을 생생히 느끼고 있었습니다. 그 찢어지는 듯한 고통은 가슴속 깊이 새겨져 있었습니다.

나는 고급 아파트의 16층에 살고 있었습니다. 평소 경비도 철저하고, 한 층에 한 가구만 사는 구조였죠. 좀비 사태가 터지기 전까지는 하루밖에 안 남아서 하루 동안 모든 생필품을 준비해야 했습니다. 서둘러 옷을 입고 차를 몰아 큰 슈퍼마켓으로 갔습니다. 쇼핑 카트를 몇 개나 채우며 물건을 사들였죠. 주변 사람들은 내가 슈퍼를 통째로 비우려는 건지 의아해하며 쳐다봤습니다. 하지만 아무 말도 할 수 없었어요. 혼란을 일으킬 수 있으니까요.

이사 온 지 얼마 안 돼서 필요한 게 많다는 핑계를 대며 물건을 사서 택배로 집에 보냈습니다. 또다시 다른 물건을 사러 가야 했고, 그렇게 카드를 거의 한도까지 긁었습니다. 돈 걱정할 때가 아니었습니다.

집에 돌아와 보니 아파트 입구가 내가 산 물품들로 가득 차 있었습니다. 이웃들에게 내 집 위치를 알려줄 수는 없어서 모든 물건을 혼자 옮겨야 했습니다. 나는 14층에 새로 이사 온 사람인 척하며 엘리베이터로 14층에 내린 뒤 다시 계단으로 두 층을 올라가 16층에 있는 내 집으로 몰래 물건을 옮겼습니다. 다행히 14층은 비어 있어서 사람들의 의심을 사지 않았습니다. 엘리베이터와 계단을 오르락내리락하며 물건을 옮기느라 하루를 거의 다 보냈습니다.

그 후, 나는 문을 새로 교체하기로 했습니다. 전단지 광고에서 본 문 수리 기사의 연락처를 찾아 가장 튼튼한 문으로 바꿨습니다. 물건을 방 한가득 채운 뒤 충전할 수 있는 전자기기들은 모두 충전했습니다. 준비를 끝낸 뒤 창밖을 바라보았습니다. 그리고 침대에 누워 무엇인가를 생각하다 잠이 들었습니다. 하지만 그 잠은 몹시 불안한 잠이었습니다.

다음 날 아침 6시, 나는 일어나 창문 밖으로 아래를 내려다보았습니다. 좀비 사태가 이미 시작된 것이 보였습니다. 아파트 아래는 혼란 그 자체였습니다. 도망치는 사람들과 물리는 사람들……

내게 남은 물자는 한 달은 버틸 수 있을 만큼이었습니다. 한 달 안에 구조대가 올 것이라 믿으며 버티기로 결심했습니다.

일주일 뒤, 다른 사람들은 식량이 떨어졌습니다. 아이들을 돌봐야 하는 사람들은 어쩔 수 없이 식량을 구하기 위해 집 밖으로 나갔다가 좀비에게 물리거나 돌아오지 못했습니다. 기억에 따르면 아래층에 살던 모녀가 곧 나를 찾아올 것입니다. 집에 좀비가 들어와 더 이상 머물 수 없다며 음식을 나눠 달라고 할 겁니다. 나는 이전 삶에서 그 모녀에게 음식을 나누어 주었지만 두 사람은 나를 문 밖으로 밀어내 좀비에게 물리게 했습니다. 그 고통은 아직도 생생합니다.

이번 생에서는 요청을 거절했습니다. 모녀는 문을 두드리며 애원하느라 큰 소란을 일으켜 좀비를 끌어들였습니다. 결국 모녀는 좀비에게 물렸고, 나는 그 모습을 지켜보았습니다. 마음이 복잡했지만, 나는 문을 열지 않았습니다.

보름이 지나고 구조대 헬리콥터가 나타났습니다. 나는 창문 밖으로 손을 흔들며 소리쳤고, 구조대가 나를 발견했습니다. 문밖에 좀비가 없는 것을 확인한 뒤, 나는 서둘러 옥상으로 올라갔습니다. 구조대는 나와 다른 생존자들을 구출했고, 헬리콥터에서 바라본 도시의 모습은 폐허 그 자체였습니다.

좀비 사태는 곧 통제되었고, 감염된 사람들은 격리되었습니다. 도시는 원래 모습으로 복구되었지만, 이 기억은 영원히 잊을 수 없을 것입니다. 그날 내 선택에 후회는 없습니다.

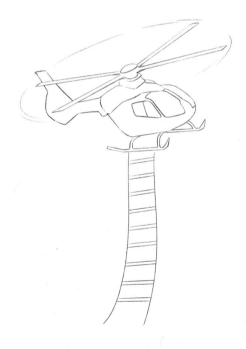

행복

행복은 돈으로 정의되어서는 안 된다고 생각합니다.

저는 기쁨이 곧 행복이라고 믿습니다. 그래서 돈이 없어도 행복할 수 있다고 생각합니다.

돈은 많은 사람들이 갈망하는 것이며, 돈이 있으면 모든 것을 가질 수 있다고 생각하는 사람들이 있습니다. 물론 돈이 있으면 정신적으로 만족감을 얻고 기쁘고 행복하다고 느낄 수 있습니다. 하지만 반대로, 아무리 많은 돈을 가지고 있어도 정신세계가 공허하고 자유가 없다면, 저는 그것이 행복이 아니라 오히려 고통일 것이라고 생각합니다. 따라서 모든 사람이 돈이 있어야만 행복할 수 있는 것은 아닙니다.

예를 들어, 저는 화목한 가정에서 매일 가족들과 즐거운 웃음소리 속에서 다툼 없이 지내는 것이 행복이라고 생각합니다. 제가 조금씩 모은 돈으로 가족에게 줄 선물을 사서 그들이 기뻐하는 모습을 보는 것도 행복입니다. 가족과 함께 여행을 떠나고, 가지 못했던 곳들을 하나씩 걸어보는 것도 행복입니다. 아끼는 사람들이 건강하고 병 걸릴 걱정이 없는 것도 행복입니다.

제가 생각하는 행복은 아주 단순합니다. 바로 기쁨입니다. 기쁨의 순간을 소중히 여기고, 거기에서 만족감을 얻는 것이 제가 생각하는 행복입니다.

그래서 저는 기쁨이야말로 행복의 필수 조건이라고 생각합니다. 돈이 없어도 행복할 수 있습니다.

여행은 삶을 더 아름답게 만들어 준다

여행은 내 인생을 풍요롭게 해주는 중요한 방법으로, 내가 동경하고 추구하는 것들을 그려내 줍니다. 여행은 단순히 일상생활의 스트레스를 잠시 잊게 해줄 뿐 아니라, 걸음을 옮기는 과정에서 다양한 풍경을 볼 수 있게 해줍니다. 중국에는 "만 권의 책을 읽고, 만 리를 여행하라"는 옛말이 있습니다. 여행은 내 평범한 일상에 즐거움을 더해 줄 뿐만 아니라 내 삶을 더 아름답게 만듭니다.

여행은 학업이라는 무거운 짐에서 잠시 해방되게 하고, 몸과 마음을 편안하게 해줍니다. 낯선 도시를 거닐 때면, 일상의 스트레스를 잠시 잊고 새로운 자유와 고요함을 누릴 수 있습니다.

여행은 또한 하나의 배움입니다. 여행을 통해 우리는 다양한 문화, 역사, 풍습을 접하며, 이런 지식은 내 내면세계를 풍부하게 만들어 줄 뿐만 아니라 새로운 경험을 하게 해줍니다. 예를 들어, 내가 가장 멀리 떠났던 여행은 바로 한국으로 간 여행이었습니다. 한국에서는 여러 가지 문화를 체험하고 한복을 입어 보며 한국의 역사와 문화를 배웠습니다. 한국의 아름다운 풍경을 감상하고, 유명한 곳들을 많이 방문했죠. 부산에 있는 해변에 갔을 때 바다는 아주 맑았고 파도는 매우 컸습니다. 정말 아름다운 풍경이었고, 높은 건물들도 아주 인상적이었습니다. 또한 많은 유명한 음식을 먹었는데, 특히 철판 닭갈비가 가장 좋았습니다. 앞으로 더 많은 나라를 여행하며 세계의 아름다움을 경험하고 내 인생을 더욱 풍요롭게 만들고 싶습니다. 여행은 내 삶을 더 흥미롭게 만들어 줍니다.

여행은 또한 더 긍정적인 마음가짐을 갖게 도와줍니다. 어려움이나 좌절에 부딪혔을 때, 여행 중에 본 아름다운 풍경이나 감동적인 사람들의 이야기를 떠올리며 다시 힘을 낼 수 있습니다.

결론적으로, 여행은 내 삶을 더욱 충만하고 아름답게 만들어 줍니다. 여행은 내 몸과 마음을 이완시켜 주고, 새로운 지식을 배우게 해주며, 긍정적인 태도를 형성하는 데 도움을 줍니다. 시간을 내어 여행을 떠나고 삶의 아름다움과 다양성을 느껴 본다면, 우리는 여행에서 큰 도움과 영감을 얻을 수 있을 것입니다.

세상은 넓고, 또한 아름답습니다. 천천히 세상의 아름다움을 느끼며 여행을 통해 우리의 삶을 다채롭고 더 아름답게 만들어 봅시다.

5 석양

새벽 일출을 놓친 이들에게 전하는 빛

'서두르지 말고 여유를 가지고 살아가자'는 철학을 지닌 이 소녀는 저녁 즈음 천천히 나타나 세상을 따뜻하게 물들이는 '석양'을 필명으로 정했다. 주인공이 성장하며 세상의 어둠과 빛을 마주하는 소설을 좋아한다. 특히 가족하고 헤어지는 과정에서 느낀 고독과 사회적 경험을 담은 소설에서 깊은 울림을 느낀다. 글을 통해 '자신의 특징과 개성을 잃지 말라'는 메시지를 전하려고 한다.

테일러 스위프트의 음악을 좋아하는 석양은 노래를 들으며 일상의 소소한 즐거움을 찾는다. 정치외교학에 관심이 깊은 서양은 대학에서 이 분야를 공부하여 세상에 기여하고 싶어한다. 석양이 꿈꾸는 세계는 〈그린북〉 같은 영화에서 느낀 사회적 메시지와 다양성하고 닮아 있다. 현재는 검정고시를 준비하며 자신의 길을 모색 중이다.

'실패를 두려워하지 말라'는 좌우명처럼 서양은 자신의 여정을 천천히, 그러나 용감하게 걸어가고 있다. 석양의 청춘은 조용히 세상을 물들이고 있으며, 그 빛은 앞으로 더욱 아름답게 펼쳐질 것이다.

"비 오는 계절을 헤쳐 나아가는 것은 우산이 아니라, 비에 젖는 것을 두려워하지 않는 우리 자신입니다."

　때때로 세상에 비바람이 몰아칠 때, 우리에게 필요한 것은 우리를 감싸주는 우산이 아니라 폭풍우를 기꺼이 맞이할 용기 있는 마음입니다. 저는 이 말을 통해 삶이 항상 맑은 날만 있는 것이 아니라는 것을 떠올리게 됩니다. 때로는 폭풍우를 맞닥트리게 될 때도 있지요. 그리고 그럴 때 우리에게 진정 필요한 것은 내면의 용기와 강인함입니다. 이러한 용기야말로 피할 수 없는 비바람을 뚫고 더 진정한 나에게로 이끄는 힘이 됩니다. 《시간의 답》에서 '희망과 실망은 같은 강을 따라 흐른다'라는 구절이 제 마음속에 오래 남아 있습니다.

　사람들은 가끔 저에게 독서와 여행의 의미가 무엇인지 묻습니다. 사실 그 의미는 외적인 성취나 결과에 있는 것이 아니라 영혼이 공명하는 데 있습니다. 영혼이 공명하고 글과 세상이 부딪칠 때 우리가 미처 발견하지 못했던 나 자신을 찾아내는 과정에 말입니다. 책과 여행 속에서 우리는 공감을 얻고 위안을 찾습니다.

매번 특별한 공명을 일으키는 책을 볼 때마다, 나는 세상이 이렇게 넓은데 나하고 맞는 사람을 만나는 게 정말 얼마나 어려운 일인지 생각하게 됩니다.

책 속의 세계는 때로는 광활한 평원, 때로는 깊은 장미꽃 바다 같습니다. 이 넓은 세계 속에서 우리는 책을 통해 인간미와 이상이 깃든 정신적인 세계로 들어갑니다. 책을 통해 얻는 감동은 종종 말로 표현하기 어렵습니다. 비록 그것이 타인의 이야기이지만 마치 내 이야기를 들려주는 듯한 느낌을 줍니다. 그 속의 감정과 생각은 내 것이 아니지만, 은근히 내 일부를 비추어 주곤 합니다. 책은 자아로 향하는 길이며, 그것은 우리를 넓은 평원과 꽃밭으로 이끌어 생활 너머의 넓이와 깊이를 느끼게 합니다.

여행도 마찬가지입니다. 새로운 땅에 발을 디딜 때마다, 낯선 사람을 만나고 다양한 풍경을 접할 때마다 마음속에 작은 파동이 일고는 합니다. 누군가는 여행이 도피라고 말하지만, 저는 여행이 오히려 귀환이라고 생각합니다. 낯선 도시에서, 저는 마치 또 다른 나 자신을 만난 듯한 느낌을 받습니다. 그런 낯선 환경은 우리가 일상에서 벗어나 단순하고 진실된 모습으로 되돌아가게 하고, 그런 자신의 내면을 들여다볼 기회를 줍니다. 여행은 익숙한 곳을 떠나 더 가까운 자아를 찾는 과정입니다.

끊임없는 탐구 속에서 나는 점차, 인생이란 결국 자기 자신을 알아가는 과정이라는 것을 깨달았습니다. 우리는 성공의 순간도,

실패의 순간도 겪습니다. 기쁨과 슬픔, 그 모든 것이 인생 여정의 일부이며, 더 나은 자아로 가는 과정입니다. 우리는 마음을 안정시킬 방향을 찾기 위해 산과 바다를 넘고, 끊임없이 질문을 던집니다.

하지만 이러한 탐색은 쉽지 않다는 것을 알게 되었습니다. 가끔은 내가 나의 감옥에 갇힌 것 같은 기분이 듭니다. 미래에 대한 갈망, 완벽함에 대한 추구, 나에 대한 기대가 오히려 나를 얽매는 쇠사슬이 되기도 합니다. 그런 순간마다, 나는 길을 잃은 듯한 느낌을 받고 미약한 빛을 찾으려 애씁니다. 벗어나려 해도 노력은 허무하게 사라지는 것 같습니다. 마치 원을 그리며 돌고 돌아 다시 제자리로 돌아온 느낌이지요. 그런 상실감과 무력감이 그림자처럼 따라옵니다. 가끔은 내가 고립된 세상에 갇힌 것 같고, 내 심장 소리만 들리는 고독 속에 빠져들기도 합니다. 타인은 나를 오해할 뿐 그 누구도 나를 이해하려 하지 않으니 나 또한 그들을 이해할 필요가 없으며, 나를 오해하는 사람은 그저 어리석은 사람일 뿐입니다. 세상 모두가 나를 비난한다 해도, 나는 오직 나 자신을 믿으면 됩니다.

그렇게 점차, 나는 깨닫게 되었습니다. 삶의 온기는 항상 눈부시게 빛나는 것이 아니라, 때로는 미약한 빛에 불과하다는 사실을요. 어두운 밤들 속에서도, 그 작은 빛은 마음속으로 스며들곤 합니다. 한 번은 깊은 슬픔 속에 빠진 눈물이 차가운 바닥에 떨어질 때, 새벽의 첫 빛이 유리창을 뚫고 들어와 바닥에 비쳤고, 그 순간 나는 따뜻함을 느꼈습니다. 그 빛은 미약했지만, 그 순간 나는 또 다른 깊은 심연에 빠져들었습니다. 나는 그 느낌을 즐기면서도 동시에 그 깊은 낭떠러지로 떨어지는 그 순간이 두렵기도 했습니다.

삶 속에서 느껴지는 온기와 희망은 금방 사라지지만, 그것은 완전히 사라지지 않습니다. 잠깐의 순간이라도 그 따뜻함은 마음속에 남아 우리를 지탱하는 힘이 됩니다. 결국 저는 깨달았습니다. 인생은 명확한 종착점이 있는 것이 아니라, 탐색하고 찾는 과정 속에서 서서히 다가가는 것이라고 말입니다. 책은 정신의 공감을, 여행은 마음의 정화를, 내면의 작은 빛은 우리 자아에 대한 지지를 줍니다. 우리는 아마 영원히 찾고 탐구할 것입니다. 하지만 바로 이 끊임없는 탐구가 삶을 의미 있게 만듭니다.

긴 자아 탐구의 여정 속에서 우리는 점차, 인생의 매 순간이 하나의 퍼즐 조각이라는 것을 깨닫게 됩니다. 모든 여정은 비바람이든 맑은 날이든 우리의 생각을 형성하고 마음을 풍성하게 만듭니다. 앞길이 아무리 어둡고 희망이 보이지 않아도, 발걸음을 내딛는 순간마다 빛에 조금씩 다가가는 것입니다. 우리가 지나온 산과 강, 마주한 도전들은 삶이 우리에게 준 선물입니다. 이러한 풍경과 경험을 통해 우리는 삶의 부드러움과 의미를 깨닫게 됩니다.

이 세상에서 우리는 단지 외로운 방랑자가 아니라 서로에게 빛이 될 수도 있습니다. 책, 여행, 낯선 이들의 선의가 우리에게 온기와 힘을 줍니다. 평범해 보이는 순간들 속에서도 우리는 세계의 온기를 발견하고, 그것이 우리를 지탱하는 힘이 됩니다. 이런 감정은 말로 설명하기 어렵지만, 그것은 우리가 세상을 이해하는 방식과 스스로를 받아들이는 방식에 변화를 일으킵니다. 진정한 자아에 가까워질수록 매 순간이 소중하다는 것을 더욱 깨닫게 됩니다. 지금 이 순간을 소중히 여기세요. 미래가 여전히 불확실하고 도전이 가득하더라도, 바로 그 불확실성 덕분에 삶은 무한한 가능성을 품고 있습니다.

어쩌면 우리는 영원히 찾고 탐구할 것입니다. 그러나 이러한 끊임없는 전진이야말로 삶에 독특한 색을 더해 줍니다. 비바람 속에서 홀로 걷든, 햇살 아래 잠시 평온함을 느끼든, 결국 우리는 우리만의 빛을 찾아 진정한 나를 만나게 될 것입니다.

마지막으로 여러분께 한마디 전하고 싶습니다.

"새벽의 일출을 놓쳤다면, 저녁 여섯 시의 석양을 감상해도 좋습니다."

빗속의 독백

빗방울이 거리를 적시고, 내 마음속 깊은 기억마저 흐릿해졌다. 나는 버스에 앉아 창밖에 내리는 비를 바라보며 생각했다. '비가 정말 많이 오네. 마치 도시 전체를 깨끗이 씻어 내려는 것처럼.' 창문에 맺힌 빗방울이 계속 모였다. 빗방울들은 흘러내리며 바깥세상을 흐리게 만들었다. 나는 그 빗방울들을 멍하니 바라보았다. 버스는 축축한 도로를 달리며 타이어가 물을 튀겼고, 차 안은 눅눅한 공기로 가득했다. 약간의 서늘함이 느껴졌다. 귀에 꽂혀 있는 이어폰에서는 아르앤드비 음악이 계속 반복되었지만, 음악은 전혀 귀에 들어오지 않았다. 머릿속엔 기억의 조각들과 끝도 없는 잡생각들이 가득했다.

창밖으로 보이는 도로 옆의 물웅덩이는 고층 건물들을 비추고 있었다. 마치 뒤집힌 또 다른 세계 같았다. 축축하게 젖은 낙엽들은 여기저기 흩어져 있었고, 일부는 이미 썩어 있었다. 하늘은 숨막힐 정도로 잿빛이었다. 비는 계속 내렸고, 점점 굵어졌으며, 바람도 한층 더 거세졌다. 나뭇잎들은 바람에 휩쓸려 땅으로 떨어졌다가 비에 젖어갔다. 모든 것이 고요하고 침체된 분위기였다. 마치 이 도시도 감정을 가지고 있는 것 같았다.

이런 우울한 분위기에 잠겨 있을 때, 갑자기 햇살이 두꺼운 구름을 뚫고 나왔다. 건물 틈새로 빛이 비치며 내 눈과 머리카락을 감쌌다. 나는 고개를 들어 눈을 한 번 깜박였다. 빛은 단숨에 빗속의 세계를 뚫어 버렸다. 그 순간, 내 머릿속엔 영화의 한 장면이 스쳐 갔다. 어떤 주인공이 이러한 한 줄기 빛 속에서 구원을 맞이하고 인생에 새로운 장이 펼쳐지는 장면. 그런데 구원받은 사람은 과연 누구일까? 나일까? 아니면 이 도시일까? 그 누구도 알 수 없었다.

버스는 계속 달렸고, 나는 다시 멍하니 생각에 잠겼다. 생각들은 빗방울처럼 천천히 모였다가 흘러내렸다. 문득 영국 학교에 다니는 친구가 나한테 한 말이 떠올랐다. "언젠가 너도 런던 거리를 거닐게 되는 날이 온다면, 런던의 비 오는 날을 사랑하게 될 거야." 그 당시엔 무심히 흘려들었지만, 지금의 나는 그 말이 조금은 이해되는 것도 같다. 내가 언젠가 런던의 빗속에 서게 된다면, 그 말의 의미를 온전히 깨닫게 될지도 모른다.

나는 비 오는 날을 좋아한다. 다만 그 이유를 명확히 설명할 수는 없다. 어릴 적 비 오는 날은 늘 즐거운 추억과 함께였다. 개구리를 잡거나 친구들과 장화를 신고 물웅덩이를 뛰어다니며 즐긴, 그 자유롭고 생동감 넘치는 시간이 아직도 생생하다. 아마도 그때부터 비 오는 날이 내게 특별한 인상을 남겼던 것 같다. 하지만 어른이 되고 나서는 한동안 비 오는 날을 싫어했던 적도 있다. 비가 가져오는 눅눅함과 불편함이 싫었다. 그러나 지금의 나에게는, 비 오는 날이 특별한 의미로 다가온다.

나는 문득 깨달았다. 많은 사람들이 비 오는 날을 싫어하는 이유는 비가 삶을 복잡하고 무겁게 만들기 때문이라는 것을. 하지만 나는 오히려 비 오는 날을 좋아하기로 했다. 비 오는 날이 마치 외면당한 아이 같아서, 그 아이의 편에 서주고 싶었다. 비는 나에게 감정의 깊이와 무게를 느끼게 해준다. 마치 하늘이 울고 있는 것처럼, 무겁지만 그만큼 진실되다. 나는 비 오는 날을 기꺼이 맞이한다. 완벽해서가 아니라, 오히려 연약하고 고독해서, 나로 하여금 품어 주고 싶게 만든다.

날씨를 감정에 비유한다면, 비 오는 날은 아마도 억눌린 부정적인 감정일 것이고, 맑은 날은 따뜻하고 긍정적인 감정일 것이다. 이 생각은 사람들 사이의 감정 전달을 떠올리게 했다. 대부분의 사람들은 긍정적인 감정은 받아들이기를 좋아하지만, 부정적인 감정은 받아들이기를 꺼린다. 하지만 감정은 긍정과 부정이 모두 있어야 온전해진다. 맑은 날과 비 오는 날처럼, 긍정과 부정은 서로를 보완하여 완성한다. 부정적인 감정을 받아들이는 법을 배우는 것은, 어쩌면 비 오는 날을 좋아하는 법을 배우는 것과 같을지도 모른다. 그것은 일종의 포용과 이해를 필요로 한다.

비는 여전히 내리고 있었고, 창문 위 빗방울은 점점 더 많이 모여 내 시야를 흐릿하게 만들었다. 이 버스가 어디로 나를 데려갈지 알 수 없었지만, 굳이 서두르지 않았다. 창밖의 빗속 풍경은 마치 번져 가는 수묵화 같았고, 내 생각도 여전히 빗속에서 흘러가고 있었다.

아마 버스가 도착할 즈음엔 비가 그칠 것이다. 그러나 나의 독백은 계속될 것이다.

파도 사이로

나는 바다가 깊고 물보라가 흩날리는 것이 부럽다.

시끌벅적한 이 세상에 한 줄기 고요를 뿌려도

인생의 거친 파도를 이기지 못하여도

누군가는 영혼의 파도를 깨우기 위해 마음의 낮은 소리로 읊조린다.

드넓은 바다와 부드러운 모래사장이 모두 나다.

나는 나의 외로움을 사랑하고 나의 광활함을 사랑한다.

6   22

우정과 음악 속에서 피어나는 청춘

2019년 한국으로 건너온 '22'는 현재 반석학교에서 4년째 공부하며 새로운 환경에 적응해 가고 있다. 매일 일기를 쓰며 생각을 정리하고, 글을 통해 전하고 싶은 이야기를 세상에 그려낸다. 통기타를 연주하며 하루를 채우는 22는 언젠가 대학에 진학해 밴드 활동을 하며 음악 속에서 자신을 더욱 자유롭게 표현하고 싶다는 꿈을 품고 있다. 발라드와 힙합을 즐기고 실리카겔과 마라케시 같은 밴드가 여는 콘서트를 가보고 싶어하는 모습에서 음악을 향한 사랑이 엿보인다.

중어중문학을 전공하고 싶지만 아직 구체적인 진로를 정하지 않은 22는 글과 음악 속에서 자신을 탐구하며 더 나은 미래를 향해 나아가려 한다. '혼자여도, 누군가와 함께여도 좋으니 평범하게 살고 싶다'는 바람에는 소박하지만 자신만의 길을 열어가겠다는 굳건한 다짐이 담겨 있다.

내 삶의 파란색

나는 파란색을 좋아한다. 사람들은 항상 이유를 물어본다. 나도 가끔씩 파란색을 좋아하게 된 이유를 생각한다. 돌이켜 보면 2019년 여름이었다. 산 위에 앉은 나는 핸드폰에 있는 플레이 리스트를 누르고 햇빛을 받으면서 눈을 감았다. 바람이 불고 나무가 흔들리면서 나뭇잎이 조금씩 떨어졌다. 바람은 불지만 춥지는 않았다. 그때 노래 가사가 크지도 않고 작지도 않게 나만 들을 수 있을 정도로 흘러나왔다. 가사는 이러했다.

'너는 파란색이 네가 제일 좋아하는 색이라고 말했다. 만약에 사랑이 없다면 어떨까 말했다.'

멜로디만 들었을 때 그렇게 끌리지는 않았다. 그러나 가사가 왠지 모르게 끌렸다. 점점 나도 모르게 멜로디도 좋아하게 됐다. 또 점점 그 가사 속에 있는 '파란색'을 좋아하게 되었다. 사람들은 다 파란색이 우울하다고 생각하는데, 그 노래 때문에 나는 오히려 파란색이 밝고 편하다는 느낌이 든다. 그래서 나는 지금까지 쭉 파란색을 좋아해 왔다. 그 단순한 색깔이 마치 나의 성격 같았다.

나는 엄청 단순한 사람이다. 딱히 좋아하는 것도 싫어하는 것도 없을 만큼 단순하다. 올해 열아홉 살인 나는 다른 친구들보다 좀 더 조용하다. 내 나이대 친구들은 다 노는 것을 최고로 보고 친구를 많이 사귀는 게 행복한 일이라고 생각하는데, 나는 오히려 별생각이 없다. 중국에서 초등학교를 다닐 때 친구가 누구보다 더 많던 나는 지금 친구가 없다. 원래 친구가 많을 때는 그럭저럭 괜찮다고 생각했는데, 친구가 없어지니 그게 더욱더 좋다는 생각이 든다. 내 일에만 집중할 수 있어서 너무 좋았다. 혼자서 공부하고, 밥도 먹고, 카페 가고, 노래방도 갔다.

그랬던 내 삶에, 그녀가 등장했다. 그녀는 나에게 언니 같은 존재였다. 키는 크지도 작지도 않았고, 꾸준히 운동을 한 덕분에 몸매도 보기 좋았다. 깨끗하고 단정한 검은색 반팔 티셔츠와 몸에 잘 맞는 청바지를 입고 있었으며, 평범한 미소를 지닌 사람이었다. 어떤 것에도 별다른 흥미를 느끼지 않는 듯한 표정은 전혀 지루하게 느껴지지 않았고, 오히려 그녀가 매우 온화하다는 인상을 주었다. 조용하고 차분한 그녀의 성격은 나와 닮은 듯했고, 나를 끌어당겼다.

처음에는 언니하고 이렇게까지 가까워질 생각은 없었다. 하지만 내가 언니에게 더 큰 관심을 두게 된 계기는 한 사건 때문이었다. 몇 년 전 가을의 끝자락, 내 생일 이틀 전이었다. 나에게 생일은 특별할 것 없는 평범한 날에 불과해서 그 당시에는 생일을 잊고 있을 정도였다. 그런데 그 언니가 문자를 보내와 생일에 나를 만나고 싶다고 했다. 나는 각종 기념일을 별로 중요하게 여기지 않았고, 주변 사람들의 기념일도 별로 신경 쓰지 않는 편이었다.

그날, 언니를 만났을 때 언니는 상자를 하나 들고 있었다. 우리의 만남이 끝난 후 언니는 그 상자를 나에게 건네며 간단히 몇 마디를 하고 떠났다. 만약 다른 사람이었다면, 그 사람이 나에게 무엇을 선물할지 대충 짐작할 수 있었을 것이다. 하지만 그 언니는 달랐다. 나는 도무지 언니가 무엇을 줄지 알 수 없었다. 약간의 설렘과 긴장감을 안고 집에 돌아와 상자를 열어 보니, 그 안에는 파란색 케이크가 있었다. 내 이름이 적힌 그 케이크를 보는 순간, 나는 오랫동안 케이크를 먹어본 적이 없다는 것을 깨달았다. 게다가 그 케이크는 내가 좋아하는 파란색이었다. 모든 것에 무관심해 보이던 언니가 나를 위해 파란색 케이크를 준비했다는 사실은 정말 예상 밖이었다. 내가 파란색을 좋아한다는 사실을 언니가 알고 있어서 일부러 파란색으로 준비했다고 했다. 파란색 케이크를 받게 될 줄은 상상도 못 했다. 나는 원래 기념일이나 형식적인 것을 중요하게 생각하지 않았고, 다른 사람의 도움이나 동정을 받는 것을 부담스럽게 느끼는 편이었다. 하지만 케이크를 받은 후에는 마음이 복잡해졌다. 이런 나 자신이 낯설었다. 원래라면 부담을 느껴야 할 텐데 왜 이렇게 기분이 복잡한 걸까? 나의 필요를 진심으로 알아차려 준 사람이 오랜만에 나타났기 때문일까? 이유는 잘 모르겠다. 하지만 그 언니에 대한 관심은 더욱 커졌다. 모든 것에 무심한 듯한 그녀가 나를 위해 이런 행동을 한다는 것이 정말 반전이었다.

그 후로 우리는 계속 함께 시간을 보냈다. 언니와의 만남은 전혀 부담스럽지 않고 즐거웠다. 나는 평소 고집이 세고 내 생각을 중요시하는 사람이라서 내 눈에는 다른 사람의 실수만 보였다. 물론 내 실수도 인지하고 고치려 노력했지만, 그래도 나는 항상 자신감이 넘쳤다. 그런데 언니와 함께하면서 내가 미처 깨닫지 못하던 수많은 나의 실수를 발견했다. 언니는 나에게 그것들을 일깨워 줬고, 나는 그때마다 고쳐 나갔다. 이런 경험들이 반복되면서 나는 점점 언니를 깊이 사랑하게 되었다.

나는 원래 친구가 필요 없다고 생각하던 사람이었다. 그런데 언니와의 관계를 통해 '언니가 없었다면 내 잘못을 바로잡아 줄 사람이 없지 않을까?'라는 두려운 생각이 들기 시작했다. 언니는 마치 파란색 같은 존재였다. 노래 가사 속 그 푸른빛처럼, 내 삶을 가득 채웠다. 지금도 언니에게 나는 어린아이처럼 보일지 모르지만, 내게 언니는 이미 내 삶 깊숙이 스며들어 없어서는 안 될 존재가 되었다.

지은이

동갑인 친구가 있다. 그 아이는 내 이웃이었다. 내 단발과 달리 그녀는 아름다운 긴 머리였다. 우리는 여섯 살부터 친구였다. 내 이름은 '지은'이인데 그녀의 이름도 '지은'이라고 했다. 하지만 우리는 성씨가 달랐다. 그녀의 성은 이씨다. 우리는 오랫동안 친한 친구로 지냈다. 나는 지은이와 유치원부터 같이 다녔다. 그렇기 때문에 나를 제일 잘 아는 사람은 지은이였다. 내 성격은 조용한 반면 지은이는 엄청 밝은 편이다. 그래서 나는 그녀가 너무 좋다. 나는 항상 지은이의 얘기를 들어 주었다. 누구보다도 지은이를 잘 아는 사람은 나라고 생각하지만, 동시에 나는 그녀에 대해 모르는 게 많고 이해할 수 없는 것들도 많다. 이런 얘기가 나오면 가장 먼저 떠오르는 사건이 있다. 나는 그냥 평범한 가정에 살고 있다. 엄마는 멀리 떨어진 초등학교에서 수학을 가르치고 있고 아빠는 평범한 직장인이다. 지은이는 항상 나 보고 '너는 정말 좋은 부모님을 두었다'고 말했다. 나는 지은이의 가정 이야기를 듣기 전에는 그 말에 동의하지 않았다. 그런데 한 사건 때문에 내 생각을 바꿨다.

2007년이었다. 어느 날 아침 등굣길, 지은이와 나는 수업이 끝나고 우리 동네에 있는 시냇가에 가기로 했다. 내 내성적인 성격을 알고 있기 때문에 그동안은 지은이가 항상 먼저 나가서 놀자고 제안했지만, 그날은 평소와 달리 내가 시냇가에 가자고 먼저 제안했다. 그 시절에 시냇가는 우리만 알고 있는 비밀방이었다.

중학교 마지막 해에 나는 입시 때문에 스트레스를 받고 있었고, 가족들하고도 다툼이 있었다. 나는 마음의 부담을 누군가에게 털어놓고 싶었다. 때마침 지은이가 떠올랐고, 그래서 나는 그날 처음으로 그녀에게 시냇가에 가자고 제안했다. 그날은 날씨가 참 좋았다. 평소라면 집 안에서 공부만 했을 나는 수업이 끝나자마자 다리 밑 작은 시냇가에서 그녀를 기다렸다. 그녀는 뛰어오듯 경쾌한 발걸음으로 다가왔다. 활기 넘치는 그녀의 발걸음과 내 우울한 마음은 너무나 비교되었다. 가을의 상쾌한 바람 속에서 그녀의 긴 머리는 젊고 생기 있어 보였다. 그녀의 하얀 피부와 조화롭게 붉게 물든 볼은 마치 순정 만화 속 남자 주인공의 이루지 못한 첫사랑 같았다.

그녀는 나를 보자마자 느리게 걷기 시작하더니 갑자기 내게 다가와 단단히 안아 주었다. 우리는 아무 말도 하지 않았다. 스트레스 때문에 지친 나는 그녀의 따뜻한 품속에서 눈을 천천히 감았다. 얼마나 시간이 흘렀을까. 다시 눈을 뜨니 내 눈물이 그녀의 하얀 티셔츠를 적시고 있었다. 정신을 차린 나는 천천히 입을 열어 내 마음속 부담을 이야기하기 시작했다. 그녀는 나를 다정히 위로해 주었다. 우리는 그렇게 시냇가에 앉아 해가 질 때까지 대화를 나눴다.

"해가 졌네."

그녀가 말했다. 그러고는 갑자기 표정을 바꾸며 말했다.

"나, 할 말이 있어."

그녀의 목소리는 나를 위로하던 밝고 활기찬 톤에서 점차 무거워졌다.

"어젯밤 우리 아빠랑 할아버지, 할머니가 교통사고로 돌아가셨어."

그녀는 천천히, 담담하지만, 비통한 어조로 말했다.

순간 나는 굳어 버렸다. 해가 진 뒤 갑자기 가을바람이 불어오기 시작했다. 살짝 차가운 바람은 멍하니 서 있던 나를 현실로 돌아오게 했다. 나는 아무 말도 하지 않았다. 사실, 뭔가를 말해야 한다는 생각조차 들지 않았다. 그녀의 가족 이야기를 듣고 있자니 가슴이 먹먹했다. 아버지는 알코올 의존증과 도박에 빠져 있었고, 어머니는 그녀가 기억도 하기 전에 집을 떠났다. 그녀의 아버지는 그녀가 어릴 때, 드물게 정신이 돌아오면 이런 말을 했다고 한다.

"엄마는 어쩔 수 없는 사정이 있어서 너를 떠난 거야. 엄마를 미워하지 마. 네가 커서 돈을 많이 벌게 되면 엄마를 찾아가 만날 수 있을 거야."

하지만 그녀가 자라며 점점 더 많은 것을 이해하게 되면서, 아버지의 말이 현실과는 거리가 멀다는 것을 깨닫게 되었다. 그런 가정 속에서도 그녀는 홀로 견디며 자라 왔다. 이웃 어른들의 이야기에 따르면, 그녀의 아버지는 그녀가 아주 어릴 때만 해도 술을 마시지 않았다고 한다. 그러나 정확히 언제인지는 모르지만, 그녀가 초등학교에 들어간 무렵일 수도 있고, 아니 어쩌면 중학교에 들어간 무렵일 수도 있는 그때부터 지은이 아버지는 술에 빠지기 시작했고, 점차 도박에도 손을 대기 시작했다. 그렇게 그녀의 집에는 막대한 빚이 생겼다.

그녀의 아버지는 항상 술에 취해 있었고, 결국 정신적으로도 문제가 생겼다. 그래서 그녀를 자주 때리고 학대했다. 지은이의 할아버지와 할머니도 그녀를 좋아하지 않았다. 그들의 극단적인 고정 관념 때문에 지은이를 미워했다. 때리지는 않았지만, 항상 차갑게 대했으며, 어린 시절 그녀가 실수로 할머니의 찻잔을 엎질러서 무려 사나흘 동안 음식을 주지 않은 적도 있었다. 할아버지 역시 매일 도박에 빠져 살았고, 그녀를 공기처럼 대했다. 그런 태도는 말 못하는 고양이나 강아지가 정도가 아니라 정말로 싫어하는 물건을 대하는 것처럼 보였다.

이런 이야기를 들으며, 나는 그녀의 아버지와 할아버지, 할머니가 세상을 떠난 것이 오히려 다행이라는 생각이 들었다. 보통 사람이라면 세 사람의 죽음을 애도했을 것이지만, 나는 그녀의 가장 가까운 친구였고, 그녀의 상황을 누구보다 잘 알고 있어서 이런 생각이 들 수밖에 없었다.

하지만 평온한 얼굴로 앉아 있는 그녀를 바라보며 나는 아무 말도 할 수 없었다. 그녀는 슬퍼하거나 괴로워하지 않았고, 오히려 매우 차분하면서도 무거운 표정을 짓고 있었다. 그녀는 자신이 얼마나 막막하고 혼란스러운지 이야기하면서 앞으로 어떻게 해야 할지 모르겠다고 했다. 그러고는 나에게 말했다.

"이제 나에겐 너밖에 없어."

그 순간, 나는 머리가 멍해졌다. 그녀를 집으로 데려가 우리 가족의 일원으로 만들고 싶다는 생각이 들었다. 하지만 그것은 불가능에 가까웠다. 단지 우리 가족에게 미칠 영향 때문만이 아니라, 그녀의 성격을 너무 잘 알고 있었기 때문이다. 나는 그녀가 그런 상황을 받아들이지 않을 사람이라는 것을 알고 있었다. 그녀는 자유로웠고, 그녀만의 생각과 방법이 있는 사람이었다.

내가 해줄 수 있는 유일한 일은 그녀의 곁에 있어 주는 것이었다. 그것이 내가 할 수 있는 최선이자 최대의 노력이라고 느꼈다. 우리는 그렇게 아무 말 없이 함께 앉아 있었다. 시간이 얼마나 흘렀을까, 그녀가 먼저 말했다.

"이제 가야겠어."

나는 더 이상 붙잡지 않고 조용히 고개를 끄덕였다. 그리고 우리는 그렇게 헤어졌다. 집으로 돌아온 나는 그녀를 떠올리며 아무것도 해줄 수 없는 상황에 깊은 무력감을 느꼈다. 만약 내가 그녀 같은 상황에 부닥쳤다면, 과연 어떤 선택을 할 수 있을지 상상조차 되지 않았다.

그날 이후로 나는 그녀를 한동안 볼 수 없었다. 우리는 같은 고등학교에 진학하기로 했지만, 고등학교 1학년 첫 학기가 시작됐을 때도 그녀는 오지 않았다. 휴대전화도 없던 시절이라 우리는 완전히 연락이 끊기고 말았다.

하지만 그녀와 같은 반이던 중학교 친구들에게서 소식을 들을 수 있었다. 지은이가 우리 고등학교의 3학년 선배와 갈등을 겪었고, 이후 담배를 피우고 술을 마시며 남자 친구도 사귀기 시작했다는 이야기였다. 완전히 다른 사람이 되어 버렸다고 했다. 나는 그녀가 걱정되었지만, 그녀와 연락할 방법이 없었기에 걱정하는 마음을 점점 줄일 수밖에 없었다.

고등학교 1학년 마지막 학기 겨울, 그녀가 학교에 나타났다. 그러나 이전에 알던 모습과는 너무나 달랐다. 귀에 피어싱을 여러 개 했는데, 왼쪽에 세 개, 오른쪽에 다섯 개였다. 옷차림도 예전의 하얀 반팔 티셔츠 대신 검은색 펑크스타일로 바뀌어 있었다. 무엇보다도 가장 충격적인 것은 그녀의 깨끗한 긴 머리가 사라졌다는 점이었다. 지은이는 아주 짧은 헤어스타일을 하고 있었다. 목길이 정도로 자른 내 짧은 머리에는 비교도 되지 않을 만큼 짧았다.

만약 내가 지은이를 몰랐다면, 뒷모습만 보고 남자라고 착각했을 것이다.

충격과 수많은 물음으로 가득 찬 나는 수업이 끝나자마자 지은이를 찾아갔다. 그리고 예전에 우리가 자주 가던 다리 밑 시냇가로 데려갔다. 나는 그동안 궁금했던 모든 것을 한꺼번에 물었다. 그녀는 서두르지 않고 차분히 내 질문에 답해 주었다.

지은이는 그동안 고등학교 등록금을 마련하기 위해 일을 했다고 말했다. 일하면서 겪은 재미난 이야기들도 들려 주었다. 하지만 가정에 관한 이야기는 한마디도 하지 않았다. 나는 혹시라도 그녀를 상처 입힐까 봐 더 묻지 않기로 했다.

우리는 그렇게 다시 예전처럼 자연스럽게 대화를 나누었다. 그리고 해가 질 때까지 이야기를 이어 갔다.

초겨울, 해가 진 후의 날씨는 정말 추웠다. 그런 추운 날씨 속에서 지은이는 천천히 주머니를 뒤져 뭔가를 꺼냈다. 내가 한 번도 본 적 없는 두 개의 캔 음료였다. 나는 호기심에 가득 차서 물었다.

"이게 뭐야?"

하지만 지은이는 대답 없이 캔 하나를 내게 건넸다. 차가운 캔을 받아 들자 더 추운 느낌이 들었지만, 그대로 캔을 열어 한 모금 마셔 보았다. 맛은 조금 쌉쌀했지만 나쁘지 않았다. 신기하게도 이 음료는 마실수록 몸이 따뜻해지는 느낌을 주었다.

그렇게 우리는 이 낯선 음료를 마시며 대화를 이어 갔다. 시간이 흘러 어느덧 밤이 되었지만, 나는 계속 지은이와 이야기를 나누고 있었다. 왜인지 모르겠지만, 그녀는 이전과 많은 점이 달라졌는데도 내게는 여전히 같은 사람처럼 느껴졌다.

어떤 변화를 겪든 간에, 지은이는 내게 변함없이 특별한 존재였다. 다시 그녀를 만나고 함께 이야기할 수 있다는 사실은 내게 세상에서 가장 큰 기쁨이었다. 마치 꿈결 같아서, 내 눈앞에 지은이가 있다는 것을 믿을 수 없을 정도로 놀라웠다.

그렇게 우리는 함께 생활하고 학교에 다니며 고등학교 시절을 함께 보냈다. 그녀가 내 곁에 있다는 것만으로도 내 고등학교 생활은 한층 더 빛났다. 하지만 그런 아름다운 관계는 고등학교 2학년 1학기 초반까지였다.

그날은 평범한 주말이었다. 우리는 함께 카페에 가기로 약속했다. 지은이는 여전히 펑크스타일 옷차림을 하고 있었다. 카페에서 커피를 마시고, 함께 공원을 산책하며 느긋한 시간을 보냈다. 그 순간은 정말 평화롭고 아름다웠다.

하지만 그런 편안한 마음 한편에는 불안이 자리 잡고 있었다. 나는 그녀를 잘 알고 있다고 자신했지만, 동시에 그녀를 잃게 되는 것에 대한 두려움이 있었다. 그 순간 지난번 우리가 갑작스럽게 헤어진 기억이 떠올랐고, 그래서 무심한 듯한 목소리로 이렇게 말했다.

"혹시, 이번에는 가지 않으면 안 돼?"

내 말에 그녀는 갑자기 화를 냈다. 그녀가 이렇게 화를 내는 건 우리가 알고 지낸 시간 동안 처음 있는 일이었다. 그녀는 내가 알 수 없는 묘한 어조로 말했다.

"네가 뭔데 내 삶에 명령해? 네가 뭔데 내 선택에 간섭해?"

그 말을 남기고 그녀는 갑자기 뛰쳐나갔다. 내가 정신을 차리기도 전에 그녀는 이미 내 시야에서 사라졌다.

나는 그제야 뒤늦게 상황을 깨닫고 깊은 후회와 자책에 빠졌다. 왜 그런 말을 했을까? 지은이가 내게 얼마나 중요한 사람인데, 어떻게 지은이가 싫어할 만한 그런 말을 할 수 있었을까? 나 자신이 너무 한심하게 느껴졌다.

그 이후로 나는 오랫동안 죄책감에서 벗어나지 못했다. 다음 날 그녀는 마치 아무 일도 없는 것처럼 나를 대하며 밝게 인사했고, 예전처럼 친근하게 다가왔다. 하지만 내 마음속에는 여전히 깊은 내적 갈등과 미안함이 사라지지 않고 남아 있었다. 그녀에게 더 잘 해주고 싶었지만, 그날의 지은이가 한 말이 내 마음을 짓누르고 있었다.

그렇게 우리는 예전처럼 함께 시간을 보내며 고등학교 3학년을 맞이했다. 우리는 늘 붙어 다니며 함께 놀고 공부하면서 시간을 보냈다. 그런 평화롭고 즐거운 일상이 계속될 것 같았다. 하지만 이런 행복은 오래가지 않았다.

대학교 입시가 끝난 가을, 너무도 평범한 하루였다. 예전에 우리가 갑작스럽게 헤어진 그날처럼, 바깥에는 약간 쌀쌀한 가을바람이 불고 있었다. 지은이는 주머니에서 두 개의 캔 음료를 꺼냈다. 지난번에 본 그 이상한 음료였다.

우리는 음료를 마시며 예전처럼 대화를 나누었다. 가벼운 이야기들이 이어졌고, 해가 지기 전까지 우리는 그 자리에 앉아 웃으며 이야기했다. 그러나 해가 지고 나서 그녀가 갑자기 나를 꼭 안았다. 예전에 우리가 처음 헤어진 그 가을날처럼, 그녀의 품은 따뜻했다.

그 순간, 내 마음속에서는 불안이 스쳐 갔다. 이번에도 그녀를 잃게 될 것 같은 이상한 예감이 들었다. 그녀의 팔이 천천히 내 몸에서 풀리는 것을 느끼자, 나는 바로 그녀를 다시 안았다. 하지만 여전히 아무 말도 할 수 없었다.

그녀에게 뭔가를 말하고 싶었지만, 무슨 말을 해야 할지 몰랐다. 그리고 또 한편으로는 그녀가 들을 준비가 되어 있지 않을지도 모른다는 두려움이 있었다. 그래서 나는 아무 말도 하지 못한 채, 그녀를 안고 있는 시간만을 붙잡으려 했다.

그래, 지은이는……, 지은이는 자유로운 사람이었다. 자신을 속박하는 것을 좋아하지 않았다. 나는 그녀를 누구보다 잘 알고 있었기 때문에, 내가 그녀를 붙잡는다는 이기적인 생각을 한다는 것은 있을 수 없는 일이었다. 한순간이라도 그녀를 붙잡고 싶은 마음을 가진 나 자신을 깊이 책망했다.

물론 그녀를 보내고 싶지 않았다. 하지만 지은이는 지은이다. 그녀는 자신의 선택을 스스로 결정할 권리가 있는 사람이고, 나 때문에 그 선택을 망설이게 할 수는 없었다. 이미 한 번, 내가 던진 이기적인 질문이 그녀에게 큰 상처를 준 적이 있었다. 그래서 다시는 그런 실수를 반복하지 않겠다고 다짐했다.

복잡한 감정 속에서 나는 그녀를 단단히 끌어안았다. 하지만 그 순간 내 마음은 마치 무너지는 성벽처럼 산산조각이 났다. 그 조각들은 마치 내 심장의 파편 같았다. 나는 그녀를 보내야 한다는 걸 알고 있었지만, 그 현실을 받아들이는 것이 너무나 고통스러웠다. 어느새 내 눈에서는 눈물이 흘러내리고 있었다.

아직 마음을 정리하지 못한 나와 달리, 그녀는 조용히 팔을 풀고 천천히 뒤돌아서 걷기 시작했다. 나는 그녀의 뒷모습을 보며 묘한 예감을 느꼈다. 이번이 마지막일지도 모른다는 느낌이었다.

그녀가 계속 걸어가고 있을 때, 나는 갑자기 그녀의 이름을 외쳤다.

"지은아!"

그녀는 멈추지 않았다. 다시 한 번 외쳤다.

"지은아!"

그제야 그녀가 멈춰 서서 천천히 돌아섰다. 그녀의 눈가에는 눈물이 맺혀 있었다. 그녀는 나를 바라보며 말했다.

"한 번만 더 내 이름을 불러줄 수 있어?"

순간 내 눈에서 뜨거운 눈물이 터져 나왔다. 나는 온 힘을 다해 외쳤다.

"지은아! 네가 원하는 대로 해. 네가 가고 싶은 길로 가."

왜인지 모르겠지만, 그 말은 내 마음속 깊은 곳에서 올라온 것 같았다. 항상 그녀에게 하고 싶지만 용기가 없어서 하지 못한 말이었다.

지은이는 한동안 나를 조용히 바라보다가, 마치 결심한 듯 고개를 끄덕였다. 그러고는 다시 돌아서서 힘차게 앞으로 달려갔다. 그녀의 모습은 금세 시야에서 사라졌다.

나는 그 자리에서 한참 동안 움직이지 못하고 있었다. 마음을 추스르려고 노력했지만, 집에 돌아와 침대에 누웠을 때에야 비로소 모든 감정이 폭발했다. 나는 눈물이 마를 때까지 울었다. 시간의 흐름도 느껴지지 않을 만큼 울었고, 결국 지쳐 잠이 들었다.

고등학교를 졸업하고 대학 생활이 시작되었고, 시간이 흘러서 나는 점점 그녀를 잊어 갔다. 정확히 기억나는 건 대학교 3학년 가을, 9월 중순의 일이었다. 그날 날씨는 꽤 괜찮았다. 나는 어느덧 스스로 생활을 꾸려갈 만큼 자립했고, 집과 학교, 그리고 아르바이트로 가득 찬 일상에 익숙해져 있었다. 학비와 생활비를 버는 것, 그리고 얼마 전 우리 가족이 된 작고 검은 고양이를 돌보는 데 집중하며 살았다.

때때로 그녀가 떠오르기도 했지만, 무거운 책임감과 생활의 압

박이 그 기억을 자주 밀어내곤 했다. 그렇게 하루하루를 보내며, 주말이 되면 함께 집을 쓰는 룸메이트와 근처 카페에 가는 것이 작은 즐거움이었다. 룸메이트는 매우 따뜻한 사람이었고, 나처럼 차분한 성격이라 서로 잘 맞았다.

그날도 우리는 평소처럼 카페에 갔다. 그런데 룸메이트가 갑자기 핸드폰을 꺼내 한 장의 사진을 보여 주었다. 그녀가 최근 빠져 있다는 애니메이션 속 주인공의 사진이었다. 룸메이트는 그 캐릭터가 자유롭고, 강인하며, 주체적인 성격을 가졌다며 감탄했다.

나는 원래 그런 것들에 별 관심이 없었지만, 사진을 무심코 보는 순간 숨이 멎는 듯한 충격을 받았다. 사진 속 캐릭터는 왼쪽 귀에 3개, 오른쪽 귀에 5개의 피어싱을 하고 있었고, 마치 남자처럼 보이는 짧은 머리를 하고 있었다. 검은 펑크스타일 옷차림까지, 그녀와 똑같았다.

"지은!"

그 이름이 내 입에서 튀어나와 버렸다. 잃어버렸던 기억들이 폭풍처럼 밀려왔고, 가슴이 미칠 듯이 뛰었다. 한동안 잊고 있던 그녀의 얼굴과 모습이 눈앞에 떠올랐다. 눈물이 차오르더니 나도 모르게 한 방울씩 뚝뚝 떨어졌다. 나는 그 자리에 쓰러지며 의식을 잃었다.

눈을 떴을 때는 병원 침대였다. 룸메이트가 걱정스러운 얼굴로 옆을 지키고 있었다. 시간이 조금 흐른 후, 의사가 천천히 다가와 말했다.

"이지은 씨, 몸은 괜찮으신가요?"

7   라벤더

향기 가득한 청춘의 인생 로드맵

2024년 2월, '라벤더'는 더 넓은 세상을 경험하고 좋은 대학에 진학하고 싶어 한국에 왔다. 배우 황인엽을 좋아하고 영화 〈베테랑 2〉에 나온 잘생긴 주인공에게 깊은 인상을 받은 그녀의 솔직한 매력은 작은 순간에서도 즐거움을 찾을 줄 아는 청춘의 감성을 보여 준다. 음식 중에서는 특히 떡볶이를 좋아한다. 처음 한국에 와서는 음식이 입맛에 맞지 않아 힘들었지만, 이내 한국 음식의 매력을 발견하며 적응했다.

대학을 졸업한 뒤 스스로 회사를 세워 최고 경영자가 되겠다는 목표가 있지만, 동시에 심리 상담 선생님이 돼 어려움을 겪는 사람들을 돕고 싶다는 따뜻한 꿈을 품고 있다. 어려운 환경 속에서 자란 친구들에게 '삶은 극복할 수 있다'는 희망을 전하는 것이 목표다.

삶에 대한 철학은 명확하다. "모든 사람은 언젠가 죽는다. 하지만 그 과정에서 각 시즌마다 새로운 목표를 세우고 한 걸음씩 나아가겠다." 대학 진학이라는 현재의 목표를 이루고 나면 다음 시즌의 목표를 정해 또 다른 도전을 이어갈 것이다. 라벤더가 롤 모델로 삼는 스티에성(史鐵生)은 휠체어를 타고 살면서도 강한 삶의 의지를 보인 중국 작가로, '고통을 통해서야 위대한 사람이 될 수 있다'는 삶의 진리를 배웠다.

푸른 잎새

만약 내가 한 장의 푸른 잎새라면

생기 넘치는 대지 위에 소리 없이 내려앉고

질퍽한 땅속으로 소리 없이 빠져들 거야

나는 아마 자유롭겠지

바람이 불어 내가 가고 싶은 곳으로 갈 테니

내가 원하는 건 바람이 내게 예쁜 코트를 걸쳐 주며 멋대로 감싸

주는 것

내가 마음껏 날 수 있게 해주는 것

나중에는 꽃 옆에 떨어져 아름다운 꽃을 피우는 자양분이 되어

야지

사라져 가는 전통문화

흔히 세월은 무정하다고들 말합니다. 세월이 우리 곁에 왔다가 어느새 사라지는 것을 깨닫기 어렵기 때문입니다. 눈 깜짝할 사이, 우리는 이미 많은 젊은 시절을 지나온 셈입니다.

최근 중국의 춘절(설날)이 세계문화유산으로 등재되었다는 소식을 접했습니다. 하지만 이미 잊혀 가는 전통문화는 지금 어디에 있을까요? 인터넷이 급속히 발전하면서 거의 사라질 뻔한 무형문화유산들이 다시 세상에 모습을 드러내기 시작했습니다.

예를 들어, 다톄화(打铁花)라는 전통 예술이 있습니다. '다화(打花)', '톄리화(铁骊花)', '다톄류(打铁柳)'라고 불리기도 하는 이 예술은 춘추 전국 시대에 기원하였습니다. 다톄화란 섭씨 1600도인 철물을 공중에 던지고 판으로 휘저으며 치면서 철꽃이 사방으로 흩어지는 광경을 만들어 내는 기술입니다. 마치 밤하늘의 별처럼 보이는데, 끊임없는 개량과 발전을 거쳐 민간의 축제 풍습으로 자리 잡았습니다. 다톄화에서 유래한 '철꽃은 칠수록 더 아름답게 피어난다'는 속담도 있었습니다. 그러나 이러한 민족적 특색이 강한 전통 예술조차 작업 난이도가 높은 탓에 계승하려는 사람이 없어지면서 점차 사라져 갔습니다. 하지만 작년에 '9월'이라는 닉네임을 사용하는 한 짧은 동영상 크리에이터가 다례화를 연구하기 시작했고, 끊임없는 노력 끝에 에스엔에스를 통해 이 사라져 가는 전통 예술을 다시 세상에 알릴 수 있었습니다.

중국의 희극은 고대 그리스의 비극과 희극, 인도의 범극과 함께 세계 3대 고대 희극으로 불립니다. 그중 '평극(平劇)'이나 '경희(京戱)'로 불리기도 하는 경극은 중국에서 가장 영향력이 큰 희극 장르 중 하나로, 베이징을 중심으로 전국에 퍼져 있습니다. 경극은 오랜 역사를 가지고 있으며, 회극, 진창, 한조와의 융합을 거쳐 점점 성숙한 형태로 발전해 왔습니다. 하지만 중국 희극도 점차 쇠퇴의 길로 들어섰습니다.

인터넷상에서 활동하는 한 젊은 경극 배우가 있습니다. 이름은 '궈샤오징(果小菁)'으로, '나만의 방식으로 전통 경극을 전승하고 중국의 목소리를 알리겠다'고 다짐했습니다. 그녀는 실제로 자신의 방식으로 인터넷 크리에이터가 되었고, 계정을 운영하며 경극의 아름다움을 알리고 있습니다. 그녀의 묵직한 목소리는 사람들에게 안도감을 주었고, 대표작 〈패왕별희(霸王別姬)〉는 많은 사람들에게 깊은 인상을 남겼습니다. 그녀의 노력으로 더 많은 사람이 더 멋진 중국 희극의 모습을 볼 수 있었고, 희극에 대한 사람들의 관심을 다시 한 번 불러일으킬 수 있었습니다.

이처럼 무형 문화유산은 시간이 지나면서 흥성하기도 하고 쇠

락하기도 합니다. 얼핏 보면 이러한 전통문화의 쇠퇴를 막을 길이 없어 보이기도 하지만, 오늘날에는 에스엔에스가 사라져 가는 전통문화를 다시 대중들에게 알리는 효과적인 수단이 되고 있습니다. 앞으로도 이러한 무형 문화유산이 전승되고 발전되기를 간절히 바랍니다.

왕씨

마을에는 한 괴짜가 살고 있었다. 그는 밤에도 절대 불을 켜지 않았고, 집에 있는 텔레비전도 한 번도 켜지 않았다. 마을 사람들이 수군거려도 그는 조금도 얼굴을 붉히지 않았다. 오히려 자신이 자랑스럽다며 앞으로도 그렇게 살겠다고 말했다.

어느 날, 마을의 한 노인이 그에게 물었다.

"왕씨, 당신은 한 달 전기 요금이 왜 그렇게 적게 나오나?"

"아휴, 절약하면서 살면 자연스럽게 적어지지요."

왕씨는 가볍게 대답했다.

"전력공사에 도리어 전기 요금을 보태 달라고 하지 그래!"

노인이 말을 마치자 박장대소하는 소리가 들려왔다.

"저도 바라는 바이지만, 전력공사에서 해주느냐가 문제죠."

왕씨는 너스레를 떨었다.

이상한 점은 왕씨가 올해 일흔에 가까운 나이라는 것이다. 나이 지긋한 그가 왜 갑자기 돈을 아끼려는 것인지 의문이었다.

다음 날, 왕씨가 전기 요금을 내러 가는 모습을 보았다. 15.50위안. 내가 본 전기 요금 중 가장 적은 금액이었다. 보통 가정이라면 한 달에 100위안 정도는 나오는 게 일반적이었다. 나는 왕 씨에게 물었다.

"왕씨 아저씨, 그 나이에 돈을 그렇게 아껴야 하나요?

이제는 인생을 즐기셔야 하지 않을까요?"

"쓸 땐 쓰고, 아낄 땐 아끼는 거지."

왕씨는 가볍게 대답했다.

하지만 왕씨는 늘 절약하는 삶을 살고 있었다. 그는 농부로, 자신의 땅에서 농사를 짓기 때문에 일 년 내내 장을 보지 않아도 문제가 없을 정도였다. 하지만 그는 찌꺼기가 아닌 이상 음식을 버리는 법이 없었다.

그 후로 다시 한 번 접한 왕씨의 이야기는 뜻밖에도 그가 병으로 쓰러졌다는 소식이었다. 하지만 왕씨는 치료비를 내기 싫다며 병원에 가지 않았고, 스스로 병을 이겨낼 수 있다고 믿고 있었다. 그의 아내도 치료비를 내주려 하지 않았다. 나는 왕씨를 찾아가 보기로 했다.

나무로 된 문을 열자 삐걱거리는 소리가 났다. 차가운 침대에 누워 있는 왕씨는 뼈만 남은 듯한 모습으로 살아 있는 사람 같지 않았다. 나는 조용히 물었다.

"왕씨 아저씨, 괜찮으세요?"

왕씨는 대답하지 않았다. 나는 한 번 더 물었다. 이번에는 그가 겨우 대답했다.

"어떻게 왔소?"

왕씨는 놀라워하면서도 힘없는 목소리로 물었다.

"당신을 보러 왔어요. 그런데 아내분은 어디 갔나요?"

내가 궁금해서 물었지만, 왕씨는 대답하고 싶지 않은 듯했다. 나는 분위기를 바꿔 물었다.

"몸은 좀 나아지셨나요?"

"얼마 안 남았을 거요."

그렇게 말하며 그는 기침을 하기 시작했다.

왕씨와 잠시 대화를 나눈 뒤, 나는 집을 나섰다. 마을 사람들에 따르면, 왕씨 부부의 결혼은 부모가 강요한 중매결혼이었다. 둘 사이에는 애정이 없었고, 결혼 후에도 아내는 가정을 돌보려 하지 않았다. 다른 집에 가서 하루 종일 있다가 밤이 되어서야 집으로 돌아오곤 했다. 마을 사람들 사이에 떠도는 소문에 따르면, 그의 아내는 이미 새로운 남자를 만나고 있으며 왕씨가 모은 돈도 결국 그 남자의 주머니로 들어갈 것이라고 했다.

며칠 뒤, 한적하던 왕씨의 집에 사람들이 가득 모였다. 왕씨가 세상을 떠난 것이다. 그의 아내도 집으로 돌아왔다. 그녀의 뾰족한 얼굴에는 어딘가 모를 희미한 웃음이 스쳐 지나갔다. 나는 왕씨가 불쌍하게 느껴졌다. 그의 장례식에서 진심으로 슬퍼하는 사람은 아무도 없었다.

왕씨는 평생 절약하며 모은 돈을 결국 아내에게 모두 빼앗겼다.

"인생은 짧고 즐길 때는 즐겨야 한다. 달빛 아래 빈 술잔을 두지 말라."

이 말처럼 우리도 인생에서 가장 빛나는 순간을 놓치지 말고, 행동으로 삶의 아름다움을 표현해야 한다. 왜냐하면 인생은 단 한 번뿐이니까.

인생은 흘러가고

"흐르는 시간은 사람을 쉽게 던져 버리고, 버찌는 붉어지고
파초는 푸르게 물든다."

이 말은 시간의 무정함 과 인생의 짧음을 표현하고 있습니다. 봄
날은 순식간에 흘러가고, 버찌가 막 붉어졌나 싶으면 파초가 푸
르게 변합니다. 이 빠르게 변하는 세상에서 우리는 마치 바삐 지
나가는 나그네 같습니다.

우리는 항상 '남은 날은 많다'고 말하지만, 시간은 눈 깜짝할 사
이에 사라져 버립니다.

오늘은 한국에서 처음 맞은 첫눈이 내린 날이었습니다. 창밖으
로 펑펑 내리는 눈을 바라보며 방 안에서 몸을 움츠렸습니다. 그
리고 한 권의 일기를 꺼내어 넘겨 보았습니다.

일기 제목은 '눈'이었습니다. 햇살에 말린 이불, 헝겊으로 기운
인형, 손에서 놓칠 듯 얇은 부채…… 당시의 화면이 한 장 한 장
머릿속에서 구체화되었습니다. 그렇게 어린 시절의 첫 번째 페이
지를 펼쳤습니다.

어린 시절은 걱정 없던 노래 한 곡이다.

맑은 개울, 푸른 초원, 그리고 화려한 노을이 있는 곳.

그해의 여름이 어렴풋이 떠오릅니다. 끊임없이 울던 매미 소리, 시끌벅적한 개구리들, 친구들과 함께 장난치며 잡았던 물고기, 저녁 무렵 함께 세었던 별들, 반짝이는 반딧불이.

그 모든 것이 내 기억 속에서 반짝이고 있습니다.

그렇게 나는 청춘의 두 번째 페이지를 펼쳤습니다.

청춘은 아름다운 꿈이다.

열정적인 노력, 풋풋한 사랑, 그리고 진실된 우정이 있는 곳.

중학교 시절, 꿈을 위해 열심히 노력하던 친구들, 아침 일찍 일어나고 늦은 밤까지 공부하며 치열하게 문제를 풀고 토론하던 기억. 저녁 운동장에서 함께 산책하던 시간들.

사랑은 마치 풋풋한 매실 열매 같아서 달콤함과 쏩쏠함 사이를 오갔습니다. 야간 자율 학습이 끝난 후 집으로 돌아가는 길에 항상 곁을 지켜주던 친구들. 그것은 서로의 진심이 담긴 우정이었습니다. 그렇게 나는 성장의 세 번째 페이지를 펼쳤습니다.

성장은 긴 여행이다.

좌절의 순간과 칭찬의 박수가 함께하는 여정.

성장은 칭찬 속에서만 이루어지는 것이 아니라, 시련을 통해서도 경험을 얻는 것입니다. 초등학교 시절에는 숙제를 다 못하면 큰일이라고 생각했고, 중학교 때는 시험을 망치는 것이 큰일이라 생각했습니다. 지금은 친구와의 관계가 나빠지는 것이 큰일로 여겨집니다.

돌이켜보면, 나는 한 번도 내 생각을 중요하게 여기지 않았던 것 같습니다. 그러나 나중에 깨달았습니다. 먼저 나를 소중히 여기고, 그다음에 다른 사람을 배려하는 것이야말로 중요한 일입니다. 나는 이것을 깨닫는 것이야말로 성장이라고 생각합니다.

나는 일기를 덮으며 현실로 돌아왔습니다. 창밖에는 여전히 눈이 내리고 있었습니다. 온 세상이 하얀 눈으로 덮인 풍경을 보며 문득 생각이 들었습니다. 인생은 고작 3만 일에 불과한데, 이 눈은 며칠이나 남아 있을까요?

인생은 흘러가고

피로와 즐거움이 공존하다

오래 기다려온 여행이 드디어 시작되었다. 오래전부터 준비해온 터라, 비행기에 탑승하는 순간에서야 비로소 설렘이 밀려왔다. 처음으로 친구들과 함께 비행기를 타다 보니 조금 흥분되었다. 이전에는 비행기에 항상 낯선 얼굴들뿐이어서, 내향적인 성격의 나에게는 정말 힘든 시간이었다. 하지만 이번에는 친구들과 함께여서 다행이었다.

비행기에서 본 풍경은 정말 아름다웠다. 청록빛 바다, 연노란 모래사장, 검은 바위들, 한눈에 보기에도 완벽한 휴양지였다. 가끔 이렇게 몸과 마음을 쉬어 주는 것은 정말 좋은 일이다.

비행기에서 내려 버스를 타고 첫 번째 장소인 '9.81파크'로 이동했다. 먼저 우리는 서바이벌 게임을 했다. 그곳 분위기는 매우 독특했고, 모두가 게임에 열심히 참여했다. 게임이 끝난 후에는 오프로드 바이크를 타러 갔다. 길은 크고 많은 돌로 덮여 있어 울퉁불퉁했는데, 마치 우리 인생 같았다. 장애물이 있고, 두려움이 있어도, 결국에는 지나갈 수 있다는 것을 느꼈다.

저녁에 숙소로 돌아와 하루를 떠올리니 여전히 약간의 흥분이 남아 있었다. 많은 비를 맞으면서도 다양한 활동에 참여한 순간들이 떠올라 마음이 뿌듯했다. 피곤함 때문인지 일찍 잠들었다.

둘째 날, 아침을 먹고 우리는 함께 제주도의 바다로 갔다. 비행기에서 내려다본 바다와 직접 발을 담그며 느낀 바다는 정말 달랐다. 비행기에서는 전체적으로 보였지만, 바닷속으로 들어가니 생생함과 감동은 비교할 수 없었다. 맨발로 모래사장을 걷고 파도가 발등을 자유롭고 강렬하게 스치는 감각은 지금 우리의 열정을 닮아 있었다.

한참을 놀고 난 후에는 친구들과 함께 카페에 앉아 바다를 바라보며 바람을 쐬었다. 그 순간, 인생이란 게 이 정도면 충분하다고 느꼈다. 이어서 우리는 스피드 보트를 탔다. 완전히 새로운 경험이었는데, 친구들과 함께 있어서 그런지 긴장감이 많이 사라졌다. 평소의 나 자신이 어떤 사람인지를 잘 알기 때문에, 친구들이 없었다면 아마 절대 도전하지 못했을 것이다.

그 후에는 석양을 배경으로 유람선을 탔다. 바닷바람과 석양이 어우러져 특별한 분위기를 만들어 냈다. 사진을 찍는 사람들, 크게 웃는 사람들, 낚시를 즐기는 사람들이 모두 이 배 위에서 끝없는 즐거움을 찾고 있었다. 그러나 즐거움은 항상 짧게 느껴지는 법이다. 배에서 내려 우리는 제주도 특산물인 흑돼지를 먹으러 갔다. 식당에서는 모두가 조용히 고기만 바라보며 열중했다. 맛있는 음식을 먹느라 말할 틈도 없었던 것이다.

셋째 날, 특별한 일정은 없었지만 우리는 제주도에서 귤을 땄다. 운 좋게도 귤을 다 딴 후 비가 내렸다. 가득 담은 귤을 보며 모두 만족감을 느꼈고, 우리는 다시 집으로 돌아가는 여정에 올랐다. 버스 안은 너무 조용했는데, 모두가 피곤했는지 차 안에서 대부분 잠을 자고 있었다. 나도 그 모습을 보고 서둘러 잠이 들었다.

비행기에서 내려 익숙한 땅에 발을 딛는 순간, 마음속에 가득 찬 만족감이 밀려왔다.

이번 2박 3일 여행은 어릴 적부터 시끌벅적한 것을 좋아했던 나에게 정말 특별한 경험이었다. 비록 많이 피곤했지만, 되돌아보면 그 모든 순간이 즐거움이었다!

친애하는 친구에게

친애하는 친구에게.

이 편지를 읽을 때, 내 얼굴이 떠오르길 바라. 그래도 너무 보고 싶어하지는 말길!

오랜만에 쓰는 편지라 무엇부터 말해야 할지 모르겠어. 벌써 반년이나 못 봤으니 네가 어떻게 지내는지 전혀 알 수 없지만, 네가 아직도 친구들에게 내 이야기를 한다는 소식을 들었을 때, 내 마음속 호수에 잔잔한 물결이 이는 것 같았어. 심지어 눈물이 날 뻔했지만, 그건 안도의 눈물이었어. 내가 좋은 사람을 알아봤다는 사실에 스스로 기뻤어.

때때로 네가 걱정되기도 해. 낯선 환경에 적응하는 데는 시간이 걸리니까. 네가 새로운 환경에 잘 적응한 것 같아 보이기는 했지만, 혹시 네가 나에게 힘든 이야기는 하지 않은 걸수도 있으니 말이야. 중국 사람들은 흔히 '좋은 소식만 전하고 나쁜 소식은 숨긴다'는 습관이 있잖아. 많은 사람이 자신의 고민이나 걱정을 상대방에게 이야기하면 상대방이 도와

줄 수 없을 뿐 아니라 오히려 걱정을 끼칠까 봐 말을 아끼곤 하지.

하지만 문자로는 내가 너를 얼마나 걱정하고 그리워하는지 온전히 표현할 수 없었어. 최근 너를 장난스럽게 놀렸던 일이 떠오르네. 제주도 체험 학습 여행을 갔다가 서울로 돌아오는 길에 너와 영상 통화를 했는데, 비행기를 비추며 중국으로 돌아가는 중이라고 장난을 쳤지. 너는 그것이 진짜인지 아닌지 분간하지 못하면서도 일단 나를 믿어줬어.

나는 그런 거짓말을 한 직후에 바로 후회했어. 화면 너머에서 네 눈에 비친 기대감을 느꼈거든. 하지만 네가 나랑 재회할 수 있다는 기대를 가지고 더 열심히 학교생활을 하길 바라는 마음에 그 장난스러운 거짓말을 바로 밝힐 수가 없었어. 저번 방학 때 네가 나에게 '학교에서 친구들에게 네 이야기를 했어!'라며 흥분해서 말하던 그 순간, 나는 정말로 화면을 뚫고 너를 만나러 가고 싶었어.

어떻게 나의 거짓말을 만회해야 할지 모르겠지만, 네가 나를 그리워하는 동안 나도 너를 그리워하고 있었다는 것만 알아줬으면 해. 너는 부모님 외에 나의 유일한 의지처야.

늘 네가 가장 사랑하는 ○○이가.

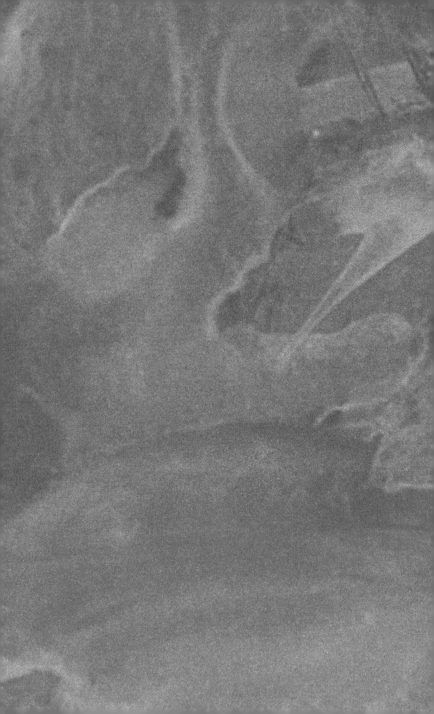

2

북 소 리 의
목 소 리

1   북한에 가본 적 없는
북한 배경 청소년을 만나다

2024년 여름의 어느 날, 기차를 타고 제천에서 서울로 올라오는 길이었다. 기차 시간과 학생사회공헌단 기획팀 회의 시간이 겹쳐, 부득이하게 기차 통로칸에서 줌으로 회의에 참여해야 했다. 친구의 보조 배터리를 빌려 꺼져가는 핸드폰을 살리면서 겨우 줌 회의에 들어갈 수 있었다. 우리 기획팀에서는 남한 사회에서 북한 배경을 가진 주민에게 느끼는 심리적 거리감을 개선하기 위한 활동을 2학기에 진행하고자 준비하고 있었다.

사실 나도 몇 달 전만 해도 북한 배경 주민들은 미디어에 나오는 북한식 말투를 구사하고 우리하고는 매우 다른 사상 체계를 가지고 있을 것만 같다는 막연한 거리감을 품고 있었다. 실제로 북한을 떠나 남한에 정착하는 과정에 관해서도 무지해서 아슬아슬하게 휴전선을 넘는, 영화 속에나 나올 법한 장면을 상상하고는 했다. 그러던 중 학교 프로그램에서 '북한 배경 청소년 학습 멘토링'에 참여할 수 있는 기회를 접했고, 그동안 하던 봉사하고는 아주 다른 신선한 경험을 할 수 있겠다는 생각에 덜컥 신청했다.

"그 친구들은 북한 말투를 쓸까? 되게 신기할 것 같아."

멘토링을 신청한 뒤에는 주변 친구들에게 이렇게 말하고 다니기도 했다. 하지만 여름 방학 동안 멘토링을 진행하며 나는 북한 말이 아니라 중국어를 구사하고 한국의 여느 10대하고 다를 바 없는 해맑은 소녀 A를 만나게 됐다.

요새는 북한의 가부장적 사회 분위기를 견디지 못한 모계 쪽이 주로 탈북을 해서 중국 등으로 건너가는데, 그곳에서 새롭게 결혼을 하고 아이를 낳은 뒤 모계가 먼저 남한으로 와서 정착하면 나중에 아이까지 남한으로 데려오는 경우가 많다고 한다. 그래서 남한 사회에는 남한과 북한이 아닌 제3국에서 출생한 북한 배경 청소년의 비율이 전체 북한 배경 청소년의 70퍼센트에 이른다고 한다.

A가 딱 그런 사례였다. 탈북한 어머니를 둔 A는 중국에서 태어났고, 14살이 되는 해에 남한에 미리 들어와 있던 어머니를 따라 남한으로 왔다. 탈북 배경 부모에게서 태어났을 뿐 북한에 가본 적이 한 번도 없는 A는 남한 사회에서 '북한 배경 청소년'으로 분류됐고, 언어와 교육 과정의 차이 때문에 남한의 일반적인 학교에 적응할 수 없어서 탈북민 대안 학교에 다니게 됐다.

살아온 삶과 문화적 배경이 다르니 나와 A는 무척 다른 사람일 것 같다는 내 예상은 완전히 빗나갔다. 나와 A는 좋아하는 음식인 김치찌개와 마라탕에 관해 이야기를 나누기도 하고, 엠비티아이(MBTI)가 아이엔에프피(INFP)로 같다며 신기해하기도 했으며, 수학 문제를 풀 때는 A가 좋아하는 블랙핑크와 아이브의 노래를 틀어 놓았다. 멘토링이 끝나고 함께 걸어서 집에 가는 길에는 길거리 타코야끼를 함께 사 먹기도 하고, 서로 진로와 꿈, 고민을 이야기하기도 했다. 누군가의 멘토가 되고 있다는 느낌보다는 성격이 잘 맞는 또래 친구가 한 명 더 생긴 기분이었다.

우리의 대화는 여느 10대나 20대 여학생들의 대화나 다를 바가 없었다. 물론 언어는 달랐지만, 나의 서툰 중국어와 A의 서툰 한국어는 공통 관심사를 나누며 소통하기에 충분했다. 오히려 서툴게 한 단어씩 전하는 의미가 대화 중간 중간에 의도치 않은 웃음꽃을 피워 주기도 했다. 가끔 어려운 의미를 전달해야 할 때면 번역기의 힘을 빌리면 됐다. A랑 함께한 한 달간의 멘토링은 내가 북한 배경 청소년에 더 큰 관심을 가지는 계기가 됐다. '북한 배경 청소년들이 어려움을 겪고 있으니 도와야 한다'가 아니었다.

북한에 한 번도 가보지 않은 처지인데도 북한 배경 청소년으로 분류되고 '북한'이라는 키워드만으로 또래 아이들이나 다른 사람들에게 막연한 거리감을 주는 대상이 된 이 친구들이 특정한 문화적 배경을 지닌 사람이 아니라 고유한 개인으로 받아들여지고 우리하고 다를 바 없는 구성원으로 인식되기를 바랐다. 어떻게 하면 '북한'이라는 키워드가 주는 막연한 거리감과 편견과 소외를 개선할 수 있을지를 고민하게 됐다. '북한 배경 청소년'이라고 불리지만 중국도 남한도 북한도 명확히 모국이라고 정의 내리기 어려운 정체성 혼란 속에 놓인 이 친구들에게 남한이 조금 더 친절하고 따뜻한 정착지가 돼주면 했다. 그래서 남한 사회에서 북한 배경이 있는 주민에 관한 인식을 개선하는 것을 목표로 하는 학생사회공헌단 기획팀에 들어가게 됐고, 열심히 이런저런 의견을 내기 시작했다.

2   기차 통로칸에서 연 회의

다시 기차 통로칸에서 회의를 하던 그날 이야기로 돌아와서, 우리는 북한 이탈 주민에게 '친근감을 느낀다'고 답한 사람 비율이 최저치인 19퍼센트에 이르고 북한 이탈 주민 대상 지원 확대에 동의하지 않는 사람의 비율이 62.5퍼센트에 이르는 상황에서 사람들이 북한 배경 주민들을 '그들'이 아닌 '우리'로 인식할 수 있는 방법을 찾고자 했다. 특히 연령대가 낮아질수록 북한 이탈 주민에게 더 큰 심리적 거리감을 느낀다는 통계에 근거해 남한과 북한 배경 주민 간의 교류 중에서도 청년층과 청소년층 간의 교류 프로그램을 진행하기로 결정한 상황이었다. 북한 이탈 주민을 경험한 정도가 높아질수록 심리적 거리감이 낮아진다는 통계 자료가 교류 프로그램의 필요성을 뒷받침해 주고 있었다.

그러나 프로그램 참여자를 모집하려고 연락한 탈북민 대안 학교 네 곳에서는 '이미 2학기 커리큘럼이 짜여져 있어 새로운 프로그램을 진행하기가 어렵다'는 답변을 줬다. 그래서 일단 참여자 모집은 보류하고 프로그램을 더욱 알차게 구성하는 회의를 이어 가고 있었다. 단순한 교류 프로그램 말고 어떤 콘텐츠를 준비할 수 있을지 다른 팀원들 의견을 듣던 중에, 문득 며칠 전 내 마음을 찜찜하게 만든 뭔가가 떠올랐다. 나는 그때 교내 언론 동아리에서도 활동하고 있었는데, '학생사회공헌 사업의 의의와 한계'라는 주제로 첫 기사를 준비하면서 학생사회공헌단에 관련된 여러 의견을 마주하게 됐다. 언론동아리 친구 B는 학생사회공헌단에 관해 이렇게 말했다.

"학생사회공헌단은 좋은 프로그램들이 많지만 약간은 시혜적인 측면이 있어. 홈페이지에서부터 '서울대학생의 지식과 전문성을 사회에 환원한다'고 말하고 있잖아. 이건 서울대학교 학생을 도움을 주는 사람으로, 소수자 및 약자들을 도움을 받는 사람으로 분류하는 접근이야. 소수자 및 약자들이 직접 그들의 권리에 대해 목소리를 내기보다는 지식과 전문성을 갖춘 서울대학교 학생들이 그걸 대신 해주는 방식이니, 당사자성이 결여되어 있다는 생각이 들어."

처음에는 내가 열심히 활동하고 있는 학생사회공헌단이 지닌 진정성과 의의를 과소평가한다는 느낌에 기분이 나쁘기도 했지만, 다시 생각하니 아예 틀린 말은 아니었다. 그동안 학생사회공헌단에서 진행된 다양한 프로그램은 프로그램 대상자의 권리를 신장하는 데 이바지하기는 했지만, 모두 대상자의 입이 아니라 학생들 입을 통해 이야기가 세상 밖으로 나왔다. '당사자성이라니…… 그러면 당사자가 아닌 우리는 그 사람들의 삶에 관심이 있어도 아무것도 하지 말고 있어야 한다는 건가?' 나는 잠깐 깊은 고민에 잠기기도 했다.

그날 기차 통로칸에서 나는 언론 동아리 친구가 한 말을 곱씹으며 기획 중인 북한 배경 청소년 인식 개선 프로그램에서 당사자성을 확보할 수 있는 방법을 고민하기 시작했다. 북한 배경 청소년들이 다른 사람 입을 빌리지 않고 직접 자기 목소리를 낼 수 있는 방법을 찾고 싶었다. 그러나 그 친구들이 많은 사람들 앞에서 강연이나 발표를 하기에는 '말'이라는 수단 자체에 한계가 있었다. 강연이나 발표 자리를 준비하는 데 들어가는 비용과 에너지에 견줘 '말'은 일회성으로 빠르게 휘발되기 때문이다. 무엇보다 북한 배경을 가진 주민들은 자기 신원이 불특정 다수에게 노출되는 상황을 꺼리는 성향이 있었다. 북한 배경 청소년이 직접 자기 목소리를 내되, 일회성으로 소멸되는 강연보다는 더 크고 오래 지속되는 파급 효과를 지니며, 신원이 노출되지 않을 방법이 뭐가 있을까?

그 순간, 간결하고 명확한 답이 머릿속을 스쳐 지나갔다. 책. 책을 내는 것이다. 북한 배경 청소년들이 직접 자기 삶을 글로 풀어낸 책의 작가가 되는 것이다. 학생사회공헌단은 북한 배경 청소년들이 자기 삶을 글로 잘 풀어내면 그 내용을 책으로 출간할 수 있도록 보조하는 구실만 하면 되는 것이다. 그렇게 하면 이 프로젝트는 당사자성을 침해하지 않고도 '북한 배경 청소년에 대한 사회적 거리감 해소와 인식 개선'이라는 본래 의도를 효과적으로 달성할 수 있을 것 같았다. 이 깨달음이 머릿속에서 날아가 버리기 전에 나는 마이크 버튼을 켜고 내 의견을 말하기 시작했다.

"학생사회공헌단은 서울대학교 학생을 도움을 주는 주체, 프로그램 대상자를 도움을 받는 객체로 구분하여 당사자성이 결여되어 있다는 비판을 받고 있습니다. 이번 프로그램에서는 북한 배경 청소년들을 약자로 규정하고 돕는 것이 아니라 그 청소년들이 주체가 되어 자신만의 이야기가 담긴 책을 편찬하도록 해보는 게 어떨까요?"

다행히 팀원들도 반응이 좋았다. 나는 팀 이름에 관련해서도 새로운 의견을 제안하기 시작했다. 원래 우리 팀 이름은 '동무'였다. 북한 배경 청년층이나 청소년층과 남한 청년층 간 교류 프로그램을 주요 프로그램으로 준비하던 만큼, 서로 좋은 '친구'가 되면 좋겠다는 마음을 직관적으로 표현한 이름이었다. 그러나 단순한 교류에서 한발 더 나아가 책을 내려 한다면 거기에 더 적합한 이름이 필요했다.

"북소리라는 팀명은 어떨까요? 북(book)을 통해 북(北)한 배경 청소년들의 목소리를 전달한다! 이렇게 중의적인 의미를 담는 거예요."

이번에도 반응이 썩 괜찮았다. 기차 통로칸에서 다른 탑승객들이 통화하는 소리를 뚫고 열을 내며 회의에 참여한 보람이 있었다. 그날로 우리 팀의 이름은 '동무'에서 '북소리'로 바뀌었고, 북한 배경 청소년들이 직접 쓴 글을 담은 책을 출간하는 것이 프로그램의 큰 줄기가 됐다. 그러나 교류 프로그램을 아예 배제하지는 않았다. 매주 만나서 작문 수업만 한다면 글쓰기 스터디하고 다를 바가 없기 때문에, 책 출간을 위한 글쓰기 활동과 문화 교류를 통한 친밀감 형성을 동시에 하고자 했다. 그래서 매주 두 시간씩을 함께하되, 한 시간은 글쓰기 수업과 실습 활동을 하고 나머지 한 시간은 문화 교류 활동을 진행하기로 했다.

프로그램 구성을 내실화하고 나서 우리는 다시 탈북민 대안 학교를 계속 접촉했다. 반석학교는 우리가 접촉한 9개 대안 학교 중에 가장 늦게 메일을 확인한 곳이었다. 그래서 큰 기대를 하지 않고 있었는데, 얼마 뒤 전화 한 통이 걸려 왔다. 자기를 반석학교 선생님이라고 소개한 분이 '북소리 프로그램'을 함께하고 싶다고 했다. 여름 방학 내내 함께 머리를 싸매고 프로그램을 기획한 팀원들은 다같이 환호했다. 그렇게 우리 북소리팀과 반석학교 학생들의 여정이 시작됐다.

3 북(北)소리가 울려 퍼지는
그날을 위해

협업이 성사된 이후 모든 일은 일사천리로 진행됐다. 반석학교 소속 북한 배경 청소년 7명이 책을 쓰는 작가가 되기로 했고, 북소리팀 단원들과 7명의 반석학교 학생들은 매주 목요일 오후 4시에 반석학교에서 만나 두 시간씩을 함께했다. 19명으로 구성된 우리 북소리팀은 글쓰기수업 준비팀, 문화교류 준비팀, 책편찬 준비팀으로 나눠 매주 정기 회의를 하고 북한 배경 청소년 학생들하고 함께할 목요일을 준비했다. 각자 학업과 과외, 알바 등이 모두 끝난 밤 시간대에 비대면 회의를 진행해서 종종 회의하다가 자정이 넘어가고는 했지만, 피곤하다는 생각보다는 반석학교 학생들하고 함께할 시간을 기대하며 더 완성도 있는 글쓰기 수업을, 더 재미난 문화 교류 시간을 준비하는 데 몰두했다. 책편찬 준비팀은 서울대학교 디자인연합에 협업을 제안하고 중국어 번역을 담당해줄 서울대학교 중어중문학과 학생들을 모집했으며, 대외적으로는 책을 출간할 출판사를 모색했다.

주기적으로 북소리팀이 활동하는 내용과 반석학교 학생들이 쓴 글을 정리해 '브런치 스토리'에 업로드하기도 했다. 업로드한 브런치 스토리의 조회 수가 조금씩 올라가는 모습을 보는 일이 바쁜 일상 속 소소한 뿌듯함이 됐다. 책 출간 자금을 마련하기 위해 '카카오같이가치' 모금도 시작했는데, 1900명가량이 모금에 힘을 보태고 북한 배경 청소년들에게 작가 데뷔에 대해 따뜻한 응원을 남긴 모습을 보면서 우리는 '북소리 프로그램'이 추구하는 가치가 지닌 의미를 더 확신할 수 있었다. 그렇게 19명 모두 각자 자리에서 분주하게 일하고 소통하며 우리는 힘차게 나아갔다.

나는 운이 좋게도 목요일에 수업이 없어서 9월부터 12월까지 매주 진행된 반석학교 교류 프로그램에 매번 참여할 수 있었다. 우리 프로그램은 북한 배경 주민들이 겪고 있는 고통이나 어려움에 주목하기보다는 그 사람들도 각자 자리에서 열심히 살아가고 있는 우리 사회의 구성원이라는 인식을 바탕으로 동등한 교류를 하려고 노력했다. 함께한 반석학교 학생들도 나이대가 10대 중반에서 20대 중반으로 북소리팀 단원들하고 비슷해서 선생님이 돼 가르친다는 느낌보다는 또래들을 만나 '교류'한다는 느낌을 받았다. 나는 여름 방학 때 한 북한 배경 청소년 멘토링을 계기로 중국어를 제대로 공부하기 시작한 상태였다. 북한 배경 청소년들이 대부분 중국어를 모국어로 구사한다는 것을 알게 돼서 북소리 프로그램을 하면서 만나게 될 친구들하고는 더 능숙하게 중국어로 대화하고 싶었고, 무엇보다 그 친구들끼리 중국어로 나누는 대화를 알아듣고 함께 웃고 싶었다. 누구보다 열심히 중국어를 공부해서 중국어 교수님에게 칭찬을 받기도 했다. 가끔 예쁘게 꾸미고 온 친구가 있으면 중국어로 '오늘 너무 예뻐요!'라고 짧게 한마디 던져 보고는 했는데, 그때마다 학생들이 꺄르르 웃으며 좋아해서 뿌듯했다. 언어 때문에 깊은 대화를 나누기는 어려웠지만, 그래도 매 회차 서툰 중국어와 서툰 한국어로 서로 알아 가고 한마디라도 더 건네기 위해 노력하는 과정에서 우리는 조금씩 가까워졌다.

서초구에 자리한 반석학교는 우리가 흔히 생각하는 '학교' 같은 외양은 아니었다. 건물 3층에 있어서 학교보다는 작은 어학원 느낌이었다. 그러나 작은 규모는 단점보다는 장점에 가까웠다. 학생들에게 학교가 아니라 '가족'이라는 느낌을 줬는데, 이런 특징은 원가족 해체와 재구성을 경험한 북한 배경 청소년들이 학교 공동체에 소속감을 느끼게 해 학생들이 남한 생활에 적응하는 데 크게 기여하고 있었다. 한 학생은 다른 대안 학교를 다니다가 그만두고 반석학교로 옮겨왔는데, 그전에 다닌 대안 학교는 학교도 넓고 학생 수도 많다 보니 큰 소속감을 느낀 적이 없지만 반석학교는 진짜 가족 같은 분위기라서 외로움을 덜 느낀다고 말했다. 선생님들이 학생 한 명 한 명을 잘 알아서 학업 공백과 교육 수준에 적합한 맞춤형 수업을 진행하고 있었고, 성격과 특기에 맞춰 진로를 모색해주시기도 했다. 부모님하고 떨어져 지내고 있는 학생들에게는 공부뿐만 아니라 일상생활까지 챙겨 주면서 '선생님'을 넘어 가족이 돼줬다. 반석학교하고 함께하는 시간 동안은 북소리팀도 그런 따뜻한 가족의 일부가 된 듯한 느낌을 받을 수 있었다.

11월 말에는 북소리팀이 서울대학교 잔디광장 근처에서 체험 부스를 운영했다. 반석학교 학생들이 그동안 쓴 글을 공유하고 글을 읽은 참여자들이 간단한 소감을 메모지에 적어 우드락에 붙이는 방식이었다. 학생들이 쓴 글에는 삶에서 길어올린 사랑, 가족, 우정, 신념이 고루 녹아들어 있었다. 글 속에 담긴, 누구나 살아가며 한 번쯤은 겪을 법한 인류 보편의 감정과 이야기는 '필자와 자신이 생각보다 많은 삶의 공통분모를 가지고 있다'는 인상을 주는 데 충분했다. 몇몇은 10대 청소년이 쓴 글이라는 사실이 믿기지 않을 만큼 삶과 세계를 다룬 깊은 통찰을 담고 있어서 부스 참여자들이 청소년이 쓴 글이 맞냐며 묻기도 했다. 어떤 참여자는 메일 주소를 건네며 반석학교 학생들이 쓴 글을 몇 편 더 읽고 싶은데 보내 줄 수 있냐며 물었다. 북소리팀 팀원들은 수업과 수업 사이 틈새 시간에 와서 부스 운영을 도왔고, 북소리팀 소속이 아닌 다른 학생사회공헌단 단원들도 자원해서 현장을 도왔다. 그렇게 많은 사람들이 도와줘 운영된 부스에는 3일간 300명 넘는 참여자들이 찾아와 반석학교 학생들이 쓴 글을 관심 있게 읽고, 다양하고 따뜻한 후기를 남겼다. 특히 '북한 배경 청소년이라고 하면 막연하게 우리와 다른 존재일 거라고 생각했는데, 우리와 비슷한 감정과 고민을 공유하는 우리와 다를 바 없는 존재임을 느꼈다'는 후기가 가장 많았다. 짧은 시간이나마 서울대학교에 북(北)소리가 울려 퍼진 순간이었다.

더 많은 사람에게 북(北)소리가 닿을 수 있기를 바라는 마음으로, 12월 말부터 북소리팀 단원들은 책 출간 작업에 열을 올렸다. 누군가는 원고를 정리하고, 다른 누군가는 출판사를 만나 여러 가지 법적 문제를 검토하며 분주하게 2025년을 맞이했다. 이 책을 통해 많은 사람이 북한 배경 주민들에게 가지던 심리적 거리감을 좁힐 수 있기를, 우리하고 다를 바 없는 그 사람들의 삶과 감정을 이해할 수 있기를, 북(北)소리가 더 널리 울려 퍼질 수 있기를 바라며, 북소리팀은 이 책을 세상에 내놓는다.

교류 활동
사 진 첩

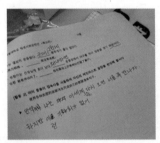

첫 글쓰기 수업. 문법은 서툴러도 진심을 눌러쓴 문장들

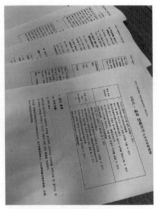

복소리팀과 반석학교의 첫 만남

"서로의 공통점을 발견하는 시간이라고 요약할
수 있을 것 같다. 떨림, 나와는 다른 존재일 수도
있겠다는 막연한 느낌이 있었다. 그런데 외모도,
음악 취향도, 서로 처음이라 느끼는 약간의 어색
함까지도 인간적인 공감대가 느껴졌다."

– 안자이 단원

2회차

다도를 배우며 더욱 다양한 대화를 나누는 시간

꾹꾹 눌러쓴 글씨로 마음을 담은 편지

수필을 공부하고 써본 날

"학생들이 쓴 글을 들여다보며, 독창적이고 문학적으로 뛰어난 글들이 많아서 놀랐다. 이러한 학생들의 글이 모여 책이 나온다면 언어적인 아름다움 속에 학생들의 삶의 여정을 담아낼 수 있을 것 같다는 생각이 들었다."

– 장현진 단원

3회차

다함께 전을 만들며 웃음소리 가득한 주방

기행문과 독후감 공부

"소고기육전과 애호박전, 소시지전, 산적꼬치전 모두 우열을 가릴 수 없이 맛있었다. 비슷한 나이 대, 그러나 완전히 다른 배경을 가진 학생들과 함께하는 경험은 북한 배경 청소년들이 문화적 배경은 다를지라도 우리와 비슷한 삶의 고민을 함께하고 비슷한 포인트에 웃음이 나는 우리와 다를 바 없는 존재들이라는 점을 알려 주고 있다."

- 장현진 단원

독후감 연습하기

캘리그라피 연습하기

나만의 캘리그라피 족자 만들기

《파도의 아이들》을 쓴 정수윤 작가 강연

"'내가 마음만 먹는다면 자유롭게 나아갈 수 있다'고 덧붙여 주신 말씀이 기억에 남았고, 진정한 자유란 무엇일지 생각해보게 되었다."

– 안자이 단원

5회차

단풍 든 서울대학교를 둘러보며

우리의 추억들을 모아

노을에 물든 운동장을 바라보며

직접 소설을 창작하는 시간

한 시간 만에 합주까지 성공

서울대학교 단과대풍물패연합하고 함께하는 신명나는 전통
악기 연주

"단풍연 분들의 시연으로 첫 시간을 시작했다. 교
실을 가득 채우는 농악 소리에 모두 홀린 듯 집중
해서 즐겼다. 학생들도 처음에는 방법을 몰라 조
금 답답해 보였지만, 점점 스트레스를 풀면서 타
악기를 신나고 흥겹게 치는 모습이었다."

– 엄지나 단원

7회차

논설문에 대해 공부하고 '돈이 행복의 필수적 요건인가'에 대해 글쓰기

한반도 여러 지역을 공부하고 만든 '우리만의 한반도 지도'

"남한의 경주, 해남, 보령, 울릉도 및 독도와 북한의 평양, 함흥, 개성에 대해 재미있는 사실들을 알아보았다. 생각보다 학생들이 유명하지 않은 지역들도 방문해 보았거나 알고 있다고 말해 주어서 놀라웠다. 남한이나 북한 지역에 대해 긍정적인 마음으로 알아보고 이해해 보는 노력은 북한 배경 청소년뿐 아니라 우리 모두에게 필요할 것 같다."

– 엄지나 단원

한반도 여러 지역을 공부해 보기

마니또를 위한 메시지 카드

각자의 개성을 담은 향주머니

나를 위한, 마니또를 위한 디퓨저

더욱 가까워지는 우리

"이날은 라벤더 학생이 결석했는데, 단원들이 그 친구에게 선물할 향주머니와 디퓨저, 메시지 카드를 만들어서 전달드리고 왔다. 라벤더 학생의 필명 그대로 '라벤더' 향을 넣고 라벤더 학생에게 어울리는 '일요일 아침의 향'을 넣어 만들었다. 우리가 만든 향주머니를 좋아해 주면 좋겠다."

– 장현진 단원

한 글자 한 글자 써 내려간 글

피드백을 바탕으로 자유롭게 자기가 쓴 글을 수정하는 시간

"반석학교 선생님의 통역 도움을 받아 중국어를 모국어로 사용하는 학생과 글에 대한 상담, 개인사 상담을 진행했다. 평소 언어적 장벽으로 인해 대화를 많이 나누지 못한 학생이었는데, 나이에 비해 성숙한 생각을 들으며 그 학생이 살아온 삶에 대해 어렴풋이 생각해보게 되었다"

- 장현진 단원

"학생들의 뚜렷한 주관이 기억에 남는다. 각자의 이야기를 글 속에 자신만의 관점으로 뚜렷이 드러내는 것, 피드백을 그저 수용하는 것이 아니라 열정적으로 의견을 제시하는 것 등 멘토링 과정에서 느낀 열정과 글쓰기에 대한 사랑은 감탄스러웠다. 중국어와 한국어의 표현 사이에서 한 고민은 단순히 언어적 어려움만을 뜻하지 않고, 각자의 정체성과 소통에 대한 그간의 고민을 보여주는 듯했다. 멘토로 참석했지만, 조언을 전하기만 한 것이 아니었고 나 또한 배웠다"

- 서성준 단원

학생들이 자신 있는 뤄쓰펀, 궁바오지딩, 탕후루 만들기

더 좋은 글을 위한 일대일 글쓰기 상담

"시간이 정말 빠르게 흘렀다. 기말고사와 함께 마지막 회차를 진행하게 될 12월 중순을 막연히 상상만 했었는데, 눈 깜짝할 사이에 마지막이 다가와 있었다."

– 장현진 단원

"글쓰는 기회를 얻을 수 있어서 좋았어요. 선생님들과 친구들과 함께할 수 있어서 즐거웠어요. 생각을 나눠 보고 글을 고쳐 써보는 과정에서 많이 배울 수 있어서 감사했어요. 책을 만들어 보는 기회를 가질 수 있어서 좋았어요."

서울대학교 교내 부스

화창한 하늘 아래 운영된 북소리팀 부스

반석학교 학생들이 쓴 글 감상하기

"조금은 멀게 느껴졌던 심리적 거리가 글을 통해
좁혀진 것 같다. 함께 느끼는 보편적 감정을 통해
'북한'이 아닌 '사람'으로 받아들일 수 있게 되었
다."

- 부스 체험 후기 중

부스 참여자들이 남긴 따뜻한 후기들

자세한 교류 활동 기록은 아래 큐아르 코드를 통해 브런치 매거진에서 확인할 수 있습니다. 교류 활동 기록의 중국어 번역본 역시 해당 링크에서 확인할 수 있습니다.

详细的交流活动记录可以通过以下QR码在早午餐杂志上确认。交流活动记录的中文译本也可在相应链接查询。

북한 전통 간식 '개성주악'을 곁들인 체험

명예의 전당

권효정

김영채

라유빈

산수유

손보람

심지후

외뿔고래

웃는 달님

이진선

정한슬

최지유

홍서진

Winnie 등

카카오같이가치를 통해
북소리팀의 책 편찬 모금에 참여해 주신 1900분